PAUL ZSOLNAY VERLAG

GRAHAM GREENE

EIN MANN MIT VIELEN NAMEN

Roman

Aus dem Englischen von Monika Blaich

PAUL ZSOLNAY VERLAG
WIEN - DARMSTADT

Titel der englischen Ausgabe: The Captain and the Enemy

Umschlag und Einband: Buchholz & Hinsch
Satz: Satz Repro Zentrum Ges. m. b. H., Korneuburg
Druck und Bindung: May & Co., Darmstadt
Printed in Germany
ISBN 3-552-04020-X

CIP-Kurztitelaufnahme der Deutschen Bibliothek

Greene, Graham:
Ein Mann mit vielen Namen : Roman / Graham Greene.
Aus d. Engl. von Monika Blaich. – Wien ; Darmstadt : Zsolnay, 1
Einheitssacht.: The captain and the enemy ‹dt.›
ISBN 3-552-04020-X

GRAHAM GREENE

EIN MANN MIT VIELEN NAMEN

Für Y
mit allen Erinnerungen,
die wir beinahe dreißig Jahre teilen.

Keine Figur dieses Buches beruht auf einer lebenden Person. Man kann nicht alle eigenen Figuren mit Anfangsbuchstaben benennen. Der Mr. Quigly dieses Romans hat weder in seinem Wesen noch in seiner Schreibweise Ähnlichkeit mit einem Mr. Quigley, dem ich vor zehn Jahren einige Minuten lang in Washington begegnet bin. Aus irgendeinem unbekannten Grund hat mich der Name verfolgt und ich schrieb in *Mein Freund, der General*: „Den Namen kann ich eines Tages in weiß Gott welcher Geschichte verwenden." Mir haben danach viele Quiglys freundlich geschrieben, aber dieser Quigly ist mein eigener Quigly und mit keinem von ihnen verwandt.

ERSTER TEIL

Erstes Kapitel

1

Ich stehe jetzt im zweiundzwanzigsten Lebensjahr, von allen Geburtstagen hebt sich aber nur ein einziger deutlich ab, mein zwölfter; denn an jenem feuchten, nebligen Tag im September traf ich den Captain zum erstenmal. Ich kann mich noch genau erinnern, wie naß auf dem Schulhof der Kies unter meinen Turnschuhen war und wie glitschig das verwehte Laub den Kreuzgang bei der Kapelle machte, als ich in der Pause vor der nächsten Unterrichtsstunde wie wild davonstürzte, um meinen Verfolgern zu entkommen. Ich kam ins Rutschen und blieb, während meine Feinde pfeifend davonzogen – plötzlich wie angewurzelt stehen; denn dort, mitten auf dem Schulhof, stand unser imposanter Direktor im Gespräch mit einem hochgewachsenen Mann mit Melone; das war schon damals ein seltener Anblick, so daß der Mann ein bißchen wie ein kostümierter Schauspieler wirkte. Und so falsch war dieser Eindruck gar nicht; ich habe ihn nämlich nie wieder mit einem Bowler-Hut gesehen. Er trug einen Spazierstock über der Schulter, wie ein Soldat sein Gewehr. Ich hatte keine Ahnung, wer der Mann sein mochte, und wußte natürlich auch nicht, daß er mich, so hat er später jedenfalls behauptet, in der Nacht zuvor bei einem Backgammon-Spiel mit meinem Vater gewonnen hatte.

Ich schlitterte so weit, daß ich genau vor den Füßen der beiden Männer auf den Knien landete, und als ich mich aufrappelte, blickte mich der Direktor unter seinen buschigen Augenbrauen hervor scharf an.

Ich hörte ihn sagen: „Das könnte der sein, den Sie suchen – Baxter Drei. Bist du Baxter Drei?"

„Jawohl, Sir", antwortete ich.

Der Mann, der mir nie unter einem dauerhafteren Namen als „Captain" bekannt sein sollte, fragte: „Und was bedeutet Drei?"

„Er ist der jüngste von drei Baxtern", sagte der Direktor. „Sie sind aber nicht miteinander verwandt."

„Das bringt mich einigermaßen in Verlegenheit", sagte der Captain. „Welcher von ihnen ist nun der Baxter, den ich suche? Mit Vornamen heißt er Victor, so komisch das klingt. Victor Baxter – die beiden Namen passen nicht recht zusammen."

„Vornamen werden bei uns kaum gebraucht. Heißt du Victor Baxter?" fragte mich der Direktor streng.

„Jawohl, Sir ", sagte ich nach kurzem Zögern; denn es fiel mir schwer, mich zu einem Namen zu bekennen, den ich, wenn auch ohne Erfolg, vor meinen Kameraden zu verheimlichen gesucht hatte. Ich wußte sehr wohl, daß der Name Victor, so wie Vincent oder Marmaduke, aus unerklärlichen Gründen als untragbar galt.

„Na also, dann wird das wohl der Baxter sein, den Sie suchen, Sir. Du mußt dir das Gesicht waschen, Junge."

Die strenge Schulmoral hielt mich davon ab, dem Direktor mitzuteilen, daß mein Gesicht ganz sauber gewesen war, bevor meine Feinde es mit Tinte bespritzt hatten. Der Captain betrachtete mich mit braunen, freundlichen Augen, denen man, wie ich später munkeln hörte, nicht trauen konnte. Sein Haar war so tiefschwarz, daß es fast wie gefärbt aussah, und seine lange, schmale Nase erinnerte mich an eine Schere mit leicht geöffneten

Schneiden, als wäre die Nase im Begriff, den militärischen Schnurrbart darunter zu stutzen. Mir war, als hätte er mir zugezwinkert; aber das konnte ich kaum glauben. Meiner Erfahrung nach zwinkerten sich Erwachsene höchstens untereinander zu.

„Dieser Herr ist ein Ehemaliger, Baxter“, sagte der Direktor. „Aus der Zeit deines Vaters, sagt er.“

„Jawohl, Sir.“

„Er hat darum gebeten, dich heute nachmittag aus der Schule nehmen zu dürfen. Er hat mir ein Schreiben deines Vaters mitgebracht, und da heute nachmittag frei ist, sehe ich keinen Grund, meine Zustimmung zu verweigern. Aber um sechs mußt du wieder da sein, in deinem Haus. Er weiß Bescheid.“

„Jawohl, Sir.“

„Du kannst gehen.“

Ich drehte mich um und rannte los, aufs Klassenzimmer zu, wo ich längst hätte sein sollen.

„Ich meinte, du kannst mit diesem Herrn mitgehen, Baxter Drei. Welches Fach versäumst du?“

„Reli, Sir.“

„Er meint den Religionsunterricht“, erklärte der Direktor dem Captain. Er warf einen finsteren Blick auf die Tür am anderen Ende des Schulhofes, aus der ein lautes Geschrei zu uns herüberdrang, und schlug den schwarzen Talar über die Schulter zurück. „Soviel ich hören kann, wirst du nicht viel versäumen, wenn du fehlst.“ Mit ausladenden, leisen Schritten eilte er auf die Tür zu. Seine Stiefel – er trug immer Stiefel – waren geräuschlos wie Pantoffeln.

„Was ist dort drinnen los?“ fragte der Captain.

„Ich glaube, sie erschlagen die Amalekiter“, sagte ich.

„Bist du ein Amalekiter?“

„Ja."

„Dann sollten wir jetzt wohl lieber gehen."

Er war ein Fremder, aber ich hatte überhaupt keine Angst vor ihm. Fremde waren nicht gefährlich. Sie hatten, im Unterschied zum Direktor oder zu meinen Mitschülern, keine Macht. Ein Fremder ist nichts von Dauer. Einen Fremden wird man leicht wieder los. Meine Mutter hatte ich vor einigen Jahren verloren. Wie lang es her war, hätte ich damals nicht genau sagen können. Wenn man ein Kind ist, läuft die Zeit in einem anderen Schritt. Ich hatte meine Mutter auf dem Totenbett gesehen, bleich und still wie die Statue eines Grabmals, und als sie auf meinen förmlichen Kuß auf ihre Stirn nicht reagierte, wurde mir ohne großen schmerzlichen Schock klar, daß sie zu den Engeln hinübergegangen war. Damals, vor der Schulzeit, fürchtete ich mich nur vor meinem Vater, der sich, wie meine Mutter mir erklärt hatte, in bezug auf drüben, wohin sie nun gegangen war, längst der Gegenpartei angeschlossen hatte. „Dein Vater ist ein Teufel", versicherte sie mir oft, und dann verschwand die übliche Langeweile aus ihren Augen, und für einen Moment flammten diese Augen plötzlich auf wie ein Gaskocher.

Mein Vater, daran erinnere ich mich noch genau, erschien auf der Beerdigung von Kopf bis Fuß in Schwarz; er hatte einen Bart, der zum Anzug paßte, und ich suchte unter seinem Mantel den Schwanz, war aber gar nicht beruhigt, als ich gar keinen Schwanz entdecken konnte. Ich hatte meinen Vater vor dem Tag der Beisetzung nicht eben häufig gesehen, danach übrigens auch nicht; denn er kam selten zu uns nach Hause, falls man die Wohnung in einem Reihenhaus namens *The Laurels* in der Nähe von Richmond Park, wo ich unmittelbar nach dem Tod meiner Mutter lebte, überhaupt als Zuhause bezeichnen konnte. Beim kalten Buffet im Anschluß an die Beerdigung muß er, so scheint es mir heute, die Schwester meiner Mutter so lange mit Sherry traktiert haben, bis sie am Ende versprach, mich während der Schulferien zu sich zu nehmen.

Meine Tante war eine recht nette, aber äußerst langweilige Frau, die begreiflicherweise nie geheiratet hat. Wenn sie meinen Vater erwähnte – was nicht oft vorkam –, sprach auch sie von ihm als „dem Teufel“, und obwohl ich mich vor ihm fürchtete, begann ich allmählich eine ausgesprochene Hochachtung vor ihm zu empfinden; einen Teufel in der Familie zu haben war schließlich eine Art Auszeichnung. Einem Engel mußte man in allem folgen, auf Treu und Glauben. Der Teufel dagegen zog, nach den Worten meines Gebetsbuchs, „durch die Welt wie ein brüllender Löwe“, was mich auf den Gedanken brachte, daß mein Vater vielleicht deshalb so viel mehr Zeit in Afrika verbrachte als in Richmond. Heute, nach all den Jahren, beginne ich mich zu fragen, ob er auf seine Weise nicht sogar ein recht guter Mensch gewesen ist – was ich vom Captain, der mich, wie er jedenfalls behauptete, beim Backgammon von meinem Vater gewonnen hatte, nicht so ohne weiteres sagen würde.

„Wohin können wir denn gehen?“ fragte mich der Captain. „Ich habe wirklich nicht damit gerechnet, dich so rasch freizubekommen. Ich habe angenommen, es gäbe da eine Menge Papiere zu unterschreiben – nach meiner Erfahrung gibt es fast immer Papiere zu unterschreiben. Zum Mittagessen“, fügte er hinzu, „ist es noch zu früh.“

„Es ist gleich zwölf“, sagte ich. Brot, Marmelade und Tee zum Frühstück um acht ließen mich stets hungrig.

„Bei mir setzt der Appetit erst gegen eins ein, nur Durst habe ich immer eine halbe Stunde früher – trotzdem, zwölf soll mir recht sein. In eine Bar kann ich dich aber nicht mitnehmen. Dafür bist du zu jung." Er musterte mich von oben bis unten. „Du würdest bestimmt nicht hineingelassen. Mensch, du bist ja sogar klein für dein Alter."

„Wir könnten einen Spaziergang machen", schlug ich, allerdings ohne große Begeisterung, vor; denn Spaziergänge waren an Sonntagen im Schulleben Zwang, und auf den Spaziergängen wurden häufig ein paar Amalekiter erschlagen.

„Wohin?"

„Wir könnten zur High Street oder in den Stadtpark oder zur Burg gehen."

„Ich meine mich zu erinnern, daß ich auf dem Weg vom Bahnhof her ein Pub mit dem Namen *Swiss Cottage* bemerkt habe."

„Ja. Am Kanal."

„Ich kann mich wohl drauf verlassen, daß du draußen wartest, während ich mir einen Gin Tonic genehmige. Wird nicht lange dauern."

Er blieb dann jedoch eine halbe Stunde fort, und mit der Weisheit der Jahre heute nehme ich an, daß er sich mindestens drei genehmigt hat.

Ich lungerte bei einem nahegelegenen Holzplatz herum, und mein Blick fiel auf das grüne Unkraut am Kanal. Ich war glücklich. Das Auftauchen des Captain hatte mich überhaupt nicht aus der Fassung gebracht, ich nahm es einfach hin. Er war gekommen, einfach so, wie innerhalb von zwei Regenwochen plötzlich ein schöner Tag kommt. Es war so, weil es so war. Ich überlegte, ob es wohl möglich wäre, aus den Brettern auf dem

Holzplatz ein Floß zu bauen und es flußabwärts treiben zu lassen, bis zum Meer. Ein Kanal war selbstverständlich kein Fluß, aber ein Kanal müßte mit Sicherheit in einen Fluß münden; denn wir lebten, wie ich im Geographie-Unterricht gelernt hatte, auf einer Insel, und irgendwann erreichte jeder Fluß das Meer. Aus meinem Hemd ließe sich vielleicht ein Segel fabrizieren, aber da gab es auch noch die Frage des Proviants für eine so lange Reise . . .

Ich war tief in Gedanken versunken, als der Captain vom *Swiss Cottage* herüberkam und mich barsch fragte: „Hast du Geld?"

Ich zählte zusammen, was mir vom wöchentlichen Taschengeld geblieben war, das mein Hausvater immer sonntags auszahlte, vielleicht, weil an dem Tag alle Geschäfte geschlossen waren und keine Versuchung darstellten; sonntags hatte nicht einmal der Süßwarenladen der Schule geöffnet. Der Hausvater hatte ja keine Ahnung, wie viele Gelegenheiten für verwickelte finanzielle Transaktionen sich uns am Sonntag boten: für die Rückzahlung von Schulden, für Absprachen über Zwangsanleihen, für Zinsberechnungen und zum Verhökern entbehrlichen Eigentums.

„Drei Shilling, dreieinhalb Pence", teilte ich dem Captain mit. In jener Zeit vor der Einführung des metrischen Systems, als der Geldwert noch relativ stabil war, war das keine geringe Summe. Der Captain ging zurück zum Pub, und ich begann darüber nachzudenken, was ich an ausländischer Währung auf meine Reise mitnehmen müßte. Ich kam zu dem Schluß, daß sich große Münzen wahrscheinlich als besonders praktisch erweisen würden.

„Der Wirt hatte kein Kleingeld", erklärte der Captain, als er wieder zurückkam.

Es schoß mir zwar durch den Kopf, daß vielleicht ihm das Kleingeld ausgegangen war; als er jedoch sagte: „Und jetzt gehen wir zu einem guten Mittagessen in den *Swan*", da wußte ich, daß ich mich geirrt haben mußte. Meine Tante hatte mich nie in den *Swan* mitgenommen. Sie traf immer mit selbstgemachten Sandwiches in Butterbrotpapier und mit einer Thermosflasche heißer Milch in der Schule ein. „Ich traue Mahlzeiten nicht, die von Fremden zubereitet werden", hatte sie mir oft genug erklärt und hinzugefügt: „Und an den Preisen, die im Restaurant verlangt werden, siehst du sofort, daß es dort keine reellen Mahlzeiten gibt."

Die Bar im *Swan* war bei unserer Ankunft gedrängt voll, und der Captain setzte mich an einen Tisch in einem Nebenraum, der offensichtlich als Restaurant galt; dort durfte ich also laut Gesetz sitzen. Ich konnte den Captain beobachten, er wechselte ein paar Worte mit dem Wirt, seine genau akzentuierende und selbstsichere Stimme drang durch das Stimmengewirr an der Bar herüber. „Zwei Einzelzimmer für die Nacht", hörte ich ihn sagen. Einen Augenblick lang überlegte ich, für wen er wohl das zweite Zimmer brauchte, dann schweiften meine Gedanken jedoch zu interessanteren Dingen ab; ich hatte nämlich eine Bar bis dahin nicht einmal von ferne gesehen, und ich war fasziniert. Die Leute dort hatten sich so viel zu sagen, und sie schienen alle bei bester Laune. Ich dachte an das Floß und an die lange Reise, die ich geplant hatte, und es kam mir vor, als wäre ich am anderen Ende der Welt angekommen, in der romantischen Stadt Valparaiso, und ich zechte dort mit Matrosen aus anderen Ländern, die alle sieben Meere befahren hatten – sie trugen zwar ausnahmslos Hemd und Krawatte, aber vielleicht mußte man sich ja ein wenig fein machen, wenn man in Valparaiso an Land ging. Meine Phantasie wurde noch beflügelt durch ein Fäßchen auf der Bartheke, vermutlich mit Rum, und durch ein Schwert ohne Scheide – zweifellos ein Entermesser –, das als Raumschmuck über dem Kopf des Wirtes hing.

„Einen doppelten Gin Tonic an meinen Tisch", hörte ich den Captain sagen, „und für den Jungen irgendeine Brauselimonade."

Ich bewunderte ihn. Ich fragte mich, wie er sich an so einem Ort so völlig zu Hause fühlen konnte; denn er fühlte sich wohl in Valparaiso. Der Tabakrauch, den ein Luftzug von einer offenen Tür herübertrieb, wehte mir um den Kopf, und ich sog den Duft genüßlich ein. Der Captain sagte zum Wirt: „Sie vergessen doch nicht, daß hinter der Bar mein Koffer steht, ja? Wenn Sie ihn bitte auf mein Zimmer bringen lassen könnten. Ich werde nach dem Mittagessen einen Spaziergang mit dem Jungen machen. Sagen Sie – oder gibt es einen geeigneten Film?"

„Der einzige Film, der hier läuft", sagte der Wirt, „ist ein ziemlich alter Streifen. Er heißt *Tarzans Tochter.* Ich könnte Ihnen aber wirklich nicht sagen, ob er sich eignet oder nicht. Ich meine, es kommt ein Mädchen drin vor, das mit einem Affen schläft . . ."

„Gibt es eine Nachmittagsvorstellung?"

„Doch. Heute ist Samstag, da findet um halb drei eine Vorführung statt."

Der Captain setzte sich zu mir an den Tisch. Er nahm die Speisekarte und meinte: „Wir beginnen wohl am besten mit etwas Räucherlachs. Möchtest du anschließend lieber ein Schweineschnitzel oder ein Lammkotelett?" Der Wirt persönlich brachte etwas zu uns an den Tisch, was ich für ein Gin Tonic hielt, sowie eine Brause – eine Orangeade, wie sich herausstellte. Als er wieder gegangen war, erteilte mir der Captain eine kleine Lektion. „Denk dran: Es ist nie zu spät, von einem Mann zu lernen, der so viel in der Welt herumgekommen ist wie ich. Solltest du mal ein bißchen knapp bei Kasse sein – und das wird dir in meinem Alter oft genug passieren –, dann geh nie an die Bar, dort mußt du nämlich gleich zahlen; es sei denn, du hast vorher ein Zimmer bestellt. Die Orangenlimonade und mein Gin hier gehen auf die Rechnung fürs Essen, und das Essen kommt auf die Zimmerrechnung." Ich verstand von dem, was er sagte, damals kein Wort. Viel später erst, als ich begriff, daß der Captain versucht hatte, mich auf seine Art auf ein neues Leben vorzubereiten, habe ich seine weise Voraussicht schätzen gelernt.

Es war wirklich ein gutes Essen, aber der Lachs machte mich durstig, und als der Captain den leicht wehmütigen Blick bemerkte, mit dem ich mein leeres Glas betrachtete, bestellte er mir eine zweite Orangeade. „Wir müssen einen Spaziergang machen", sagte er, „allein, um die Kohlensäure loszuwerden." Ich verlor ihm gegenüber allmählich ein wenig von meiner Scheu und wagte eine Frage: „Sind Sie ein Captain zur See?" Aber nein, erwiderte er, für die See habe er nichts übrig, er sei von der Armee. Beim Gedanken an seine Anleihe beim *Swiss Cottage* machte ich mir Sorgen, daß es beim Zahlen Schwierigkeiten geben könnte, doch er nahm die Rechnung, schrieb einfach seinen Namen und eine Nummer drauf – seine Zimmernummer, wie er mir erläuterte. Ich stellte fest, daß er die Rechnung mit „J. Victor (Capt.)" unterzeichnete. Mir kam es merkwürdig vor, daß sein Familienname sich mit meinem Vornamen deckte, aber dieser Zufall gab mir anderseits das beruhigende Gefühl, wenigstens einen Verwandten gefunden zu haben, den ich leiden konnte – einen, der weder ein Engel oder ein Teufel noch eine Tante war.

Nach dem ausgezeichneten Mittagessen begann sich der Captain mit dem Wirt über unsere nächste Mahlzeit zu unterhalten. „Wir hätten gern ganz zeitig zu Abend gegessen", sagte er. „Ein Junge seines Alters sollte um acht im Bett sein."

„Sie verstehen etwas von Kindererziehung, wie ich sehe."

„Ich hab's auf dem harten Wege lernen müssen – seine Mutter ist tot."

„Oh! Darf ich Sie auf einen Brandy einladen, Sir. Geht auf Kosten des Hauses. Es ist keine leichte Sache für einen Mann, die Mutterrolle zu übernehmen."

„Ein günstiges Angebot schlage ich niemals aus", sagte der Captain, und einen Augenblick später stießen sie über der Theke an. Es ging mir durch den Kopf, daß ich noch keinem Menschen begegnet war, der so wenig Ähnlichkeit mit einer Mutter hatte wie der Captain.

„Sperrstunde, meine Herren, Sperrstunde!" rief der Wirt und fügte, zum Captain gewandt, in vertraulichem Ton hinzu: „Für Sie hat das selbstverständlich nichts zu bedeuten, Sir. Sie sind ja Hotelgast. Darf ich Ihrem Dreikäsehoch noch eine Orangeade geben?"

„Besser nicht", sagte der Captain. „Zu viel Kohlensäure, Sie verstehen mich schon." Ich sollte im Laufe der Zeit draufkommen, daß der Captain gegen Kohlensäure eine ausgesprochene Abneigung hegte – eine Abneigung, die ich übrigens teilte, da abends im Schlafsaal der Schule nur zu viele Kameraden mit ihrem kraftvollen Furzen angegeben hatten.

„Also, was unser frühes Abendessen betrifft ...“, sagte der Captain.

„Unsere warme Küche hat eigentlich erst ab acht geöffnet. Wenn Sie aber gegen feine kalte Speisen nichts einzuwenden hätten ...“

„Wäre mir sogar lieber.“

„Wie wär's mit kaltem Hähnchen und einer Scheibe gekochtem Schinken ...“

„Und etwas Salat vielleicht?“ schlug der Captain vor. „Ein heranwachsender Junge braucht zum Wachsen ein bißchen Grünzeug – hat seine Mutter immer behauptet. Was mich betrifft – na ja, ich hab' mich zu lang in den Tropen aufgehalten, wo man sich mit Salat die Ruhr und den Tod holen kann. Wenn Sie aber noch ein Stück Apfeltorte übrig hätten ...“

„Und ein bißchen Käse dazu?“ suggerierte der Wirt mit einer Begeisterung, als müßte er ein gutes Werk tun.

„Nicht für mich, abends nie“, sagte der Captain. „Macht ebenfalls Blähungen. Also gut. Ich denke, jetzt sollten wir uns trollen. Ich werd mir mal die Fotos vorm Kino anschauen. *Tarzans Tochter,* haben Sie gesagt? Im allgemeinen läßt sich nach den Fotos draußen schon beurteilen, ob ein Film für Kinder geeignet ist. Wenn nicht, gehen wir einfach spazieren; ich könnte mir ja noch die Abendvorstellung ansehen, nachdem ich den Jungen ins Bett gebracht habe.“

„Wenn Sie hinausgehen, gleich links. Auf der gegenüberliegenden Straßenseite. Keine hundert Meter weit.“

„Dann bis später“, sagte der Captain, und wir gingen zur Tür hinaus, bogen zu meiner Überraschung draußen jedoch scharf nach rechts ab.

„Das Kino liegt in der entgegengesetzten Richtung“, sagte ich.

„Wir gehen nicht ins Kino."

Ich war enttäuscht und suchte ihn zu beruhigen. „Von den Tagesschülern haben sich aber viele schon *Tarzans Tochter* angeschaut."

Der Captain blieb stehen. Er sagte: „Du hast die Wahl. Wenn du unbedingt willst, sehen wir uns *Tarzans Tochter* an, und anschließend heißt's für dich – wie hat das aufgeblasene alte Arschloch doch gesagt? –: zurück zur Schule, ins ‚Haus'. Oder aber wir sehen uns den Film nicht an, und du gehst nicht zurück auf dein Haus."

„Und wohin soll ich dann gehen?"

„Um drei Uhr fährt ein günstiger Zug nach London."

„Und Sie meinen, wir könnten die ganze Strecke bis London fahren? Aber wann kommen wir zurück?"

„Wir kommen überhaupt nicht zurück – außer, natürlich, du möchtest *Tarzans Tochter* sehen."

„So scharf bin ich auf *Tarzans Tochter* gar nicht."

„Also dann . . . Führt uns dieser Weg hier zum Bahnhof, Junge?"

„Ja. Aber das müssen Sie doch wissen."

„Woher, zum Teufel, soll ich das wissen? Ich bin heute morgen auf einem anderen Weg hergekommen."

„Aber Sie sind doch ein Ehemaliger. Hat der Direktor gesagt!"

„Ich seh' dieses Nest in meinem Leben heute zum erstenmal."

Er legte mir eine Hand auf die Schulter; und ich spürte an der Berührung, daß er es gut mit mir meinte. Er sagte: „Wenn du mich erst ein wenig besser kennst, Junge, wirst du feststellen, daß ich nicht immer die ganze Wahrheit sage – wie du vermutlich auch nicht."

„Aber ich werde immer erwischt."

„Oha! Du wirst eben lernen müssen, richtig zu lügen. Was nützt eine Lüge, die durchschaut wird? Bei mir kann niemand Lüge von Wahrheit unterscheiden. Manchmal kann ich's nicht mal selbst."

Wir schritten die sogenannte Castle Street hinunter, die an der Schule vorbeiführte, und ich zitterte bei dem Gedanken, er könnte da eine falsche Entscheidung getroffen haben und der Direktor mit seinem Talar käme wie mit einem aufgeblähten Pinassensegel vom Schulhof herübergesegelt, um mich und den Captain abzufangen. Aber alles war totenstill.

Beim *Swiss Cottage* zögerte der Captain einen Augenblick lang, doch die Tür war zu – der Pub hatte geschlossen. Von einem der bunt angemalten Hausboote auf dem Kanal schrie uns ein Kind an – wir Schulkinder wurden dauernd von den Bootskindern angeschrien. Wir waren wie Hund und Katze – die Feindschaft war lautstark, zum Beißen kam es aber nie. Ich sagte: „Was ist mit Ihrer Reisetasche im Hotel?"

„In der Tasche befinden sich nur ein paar Ziegelsteine."

„Ziegelsteine?"

„Ja. Ziegelsteine."

„Die Tasche lassen Sie einfach dort stehen?"

„Warum nicht. Ein paar Ziegelsteine finden sich immer, wenn man sie braucht, und die Reisetasche ist ein altes Stück. Alte Taschen mit ein paar Aufklebern wekken Vertrauen. Besonders mit Aufklebern aus fremden Ländern. Eine neue Tasche sieht wie gestohlen aus."

Ich blickte noch immer nicht durch. Ich besaß aber genug Lebenserfahrung, um eins zu begreifen: Auch wenn er eine Rückfahrkarte besäße – für mich hätte er eine Fahrkarte lösen und zahlen müssen.

Mein ganzes Geld war beim *Swiss Cottage* draufgegangen, damit er für seine Gin Tonics zahlen konnte. Und anschließend unser Mittagessen – ein wahres Festmahl, ich konnte mich an kein irgendwie vergleichbares Essen erinnern! Wir hatten den Bahnhof fast erreicht, als ich fragte: „Aber Sie haben unser Mittagessen gar nicht bezahlt, oder?"

„Mein lieber Junge, ich hab' unterschrieben. Was willst du mehr?"

„Heißen Sie wirklich Victor?"

„Oh, manchmal heiße ich so, und manchmal anders. Es wäre doch gar nicht lustig, immer mit demselben Namen herumzulaufen. Von der Wiege bis zur Bahre. Nimm Baxter. Kein Name, den ich als besonders schön bezeichnen würde. Du trägst ihn schon etliche Jahre, nicht wahr?"

„Zwölf."

„Viel zu lang. Im Zug werden wir uns für dich einen besseren Namen ausdenken. Victor gefällt mir übrigens auch nicht besonders."

„Aber wie soll ich *Sie* nennen?"

„Nenn mich, solang ich dir nichts anderes sage, einfach Captain. Es könnte aber sein, daß ich irgendwann einmal als Colonel angeredet werden möchte. Oder daß Dad das Richtige wäre. In gewissen Situationen. Obwohl ich das lieber vermeiden möchte. Wenn eine solche Situation eintreten sollte, werd' ich dir's rechtzeitig sagen. Ich habe schon gemerkt, du bist ein kluger Junge."

Wir betraten das Bahnhofsgebäude, und er hatte überhaupt keine Mühe, das nötige Kleingeld für meine Fahrkarte hinzulegen – „Kinderfahrkarte dritter Klasse einfach. Nach Euston."

Wir hatten ein Abteil für uns allein, und deshalb fand ich den Mut, ihn zu fragen: „Ich dachte, sie hätten kein Geld?“

„Wie kommst du auf die Idee?“

„Na ja, für das tolle Mittagessen haben Sie nur ein Stück Papier unterschrieben, und im *Swiss Cottage* schien Ihnen das Geld auch zu fehlen.“

„Ach so“, sagte er. „Auch das wirst du noch lernen müssen. Es ist keineswegs so, daß es mir an Geld fehlt. Ich heb's nur gern für wesentliche Dinge auf.“

Der Captain machte es sich in einer Ecke bequem und begann, eine Zigarette zu rauchen. Zweimal schaute er auf die Uhr. Unser Zug war ein Bummelzug, und bei jedem Halt, auf jeder Station spürte ich vom Fensterplatz mir gegenüber eine gewisse Spannung ausstrahlen. Der hagere, dunkle Captain erinnerte mich an die aufgezogene Feder, die mir beim Zerlegen einer alten Uhr einmal gegen die Finger geschnellt war. In Willesden fragte ich ihn.

„Haben Sie Angst?“

„Angst?“ fragte er verwundert, als hätte ich ein Wort benutzt, das er im Wörterbuch nachschlagen müßte.

Ich übersetzte es ihm. „Schiß.“

„Junge“, sagte er, „ich fürchte mich nie. Ich bin nur wachsam – das ist etwas ganz anderes.“

„Ja.“

Als Amalekiter verstand ich den Unterschied, und ich hatte das Gefühl, daß ich den Captain allmählich ein wenig besser verstünde.

2

Wir fuhren von Euston im Taxi weiter. Mir kam die Fahrt nur sehr lang vor – ich vermochte damals noch nicht zu unterscheiden, ob die Reise nach Osten oder Westen, nach Norden oder Süden ging. Ich konnte mir bloß denken, daß diese Taxifahrt zu jenen wesentlichen Dingen gehörte, für die der Captain sein Geld aufhob. Als wir unser Ziel erreichten – irgendeine Hausnummer an einer schmutzigen, halbmondförmigen Straße, wo die Mülltonnen nicht geleert worden waren, wurde ich allerdings überrascht: Der Captain wartete, bis das Taxi wegfuhr, folgte ihm mit den Augen, bis es aus dem Gesichtsfeld verschwunden war, und auf dem Weg, den wir gekommen waren, begannen wir dann eine lange Strecke wieder zurückzugehen. Er muß gespürt haben, daß in meinem Schweigen und in meiner Folgsamkeit eine Frage mitschwang, weil er sie, wenn auch nicht zufriedenstellend, beantwortete. „Etwas Bewegung tut uns beiden gut", erklärte er mir, und fügte hinzu: „Ich nutze jede Gelegenheit, um ein bißchen Bewegung zu bekommen."

Mir blieb nichts übrig, als seine Erklärung hinzunehmen, und die Bereitwilligkeit, mit der ich mich fügte, hat ihn, wie ich glaube, doch ein wenig beunruhigt; denn während wir schweigend nebeneinander herliefen und einmal hier, einmal dort abbogen, unterbrach er unser Schweigen gelegentlich mit einem allzu offenkundigen Versuch, Konversation zu machen.

Er sagte: „An deine Mutter kannst du dich vermutlich nicht erinnern?"

„Doch, ich kann mich an sie erinnern. Sie ist nur schon lange, lange tot."

„Da hast du recht. Dein Vater hat mir einmal erzählt ..." Er hat mir dann aber nie mitgeteilt, was ihm mein Vater erzählt hat.

Wir mußten mindestens einen halben Kilometer gelaufen sein, bevor er wieder etwas sagte. „Fehlt sie dir?"

Kinder lügen gewöhnlich aus Angst, und bei den Fragen des Captain schien nichts darauf hinzudeuten, daß ich mich vor ihm hätte fürchten müssen. „Eigentlich nicht", erwiderte ich.

Er stieß einen Grunzlaut aus, den ich aufgrund meiner begrenzten Erfahrung als Zeichen von Mißbilligung auffaßte – vielleicht auch von Enttäuschung. Unsere Schritte auf dem Bürgersteig maßen die Länge des Schweigens zwischen uns aus.

„Du wirst hoffentlich keine Schwierigkeiten machen", sagte er schließlich.

„Schwierigkeiten?"

„Ich meine: Du bist hoffentlich ein ganz normaler Junge. Sie würde enttäuscht sein, wenn du kein normaler Junge wärst."

„Das verstehe ich nicht."

„Einem normalen Jungen würde die Mutter doch fehlen."

„Ich habe sie nicht besonders gut gekannt", entgegnete ich. „Dazu hat die Zeit nicht gereicht."

Er stieß einen tiefen Seufzer aus. „Hoffentlich klappt es", sagte er, „ich hoffe zu Gott, daß es mit dir klappt."

Er ging aufs neue in Gedanken verloren weiter, bis er mich plötzlich fragte: „Bist du müde?"

„Nein", sagte ich, doch das sagte ich nur ihm zu Gefallen – ich *war* müde. Ich hätte so gern gewußt, wie weit wir noch zu laufen hatten.

Der Captain sagte: „Sie ist eine wunderbare Frau. Du

wirst es gleich merken, wenn du sie siehst. Falls du etwas von Frauen verstehst – aber wie solltest du in deinem Alter etwas von Frauen verstehen? Du wirst natürlich Geduld mit ihr haben müssen. Ihr manches nachsehen müssen. Sie hat viel gelitten."

Mit dem Begriff „leiden" verband ich damals die Tintenspritzer, die mein Gesicht übrigens noch immer verunstalteten (im Unterschied zum Schuldirektor bemerkte der Captain solche Dinge nicht), die sichtbaren Anzeichen dafür, daß ich ein Amalekiter war, ein Ausgestoßener.

Ich hatte keine Ahnung, warum ich in der Schule zum Ausgestoßenen geworden war – es mochte zum Teil daran liegen, daß mein Vorname durchgesickert war, aber es hing, wie ich glaube, auch mit meiner Tante und mit ihren Sandwiches zusammen, damit, daß sie mich nie in ein Restaurant mitnahm, was sonst anscheinend alle Eltern taten, wenn sie ihre Kinder besuchen kamen. Ich vermute, daß uns jemand nachspioniert hat, als wir am Kanal saßen, die Sandwiches aßen und nicht mal Orangeade oder Coca-Cola tranken, sondern heiße Milch aus der Thermosflasche. Milch! Irgendwer mußte das mit der Milch entdeckt haben. Milch war etwas für Kleinkinder.

„Verstehst du, was ich meine?"

Ich habe selbstverständlich genickt – mir blieb ja gar nichts anderes übrig. Wenn diese seltsame Frau wirklich gelitten hatte, war sie vielleicht auch eine Amalekiterin. In meinem Haus, in der Schule, gab es noch drei weitere Amalekiter, wir hatten uns aber eigentlich nie zusammengetan, um uns gemeinsam zu verteidigen – jeder haßte die anderen drei, weil sie Amalekiter waren. Ein Amalekiter, das wurde mir langsam bewußt, war stets ein Einzelgänger.

Der Captain sagte: „Am Ende der Straße werden wir umdrehen. Man kann gar nicht vorsichtig genug sein."

Nach der Kehrtwendung sagte er: „Ich habe dich in einem fairen Spiel gewonnen."

Ich hatte damals keine Ahnung, was er meinte. Er fügte hinzu: „Es wäre Schwachsinn, es in einem Spiel gegen deinen Vater mit Mogeln zu versuchen. Außerdem kann man bei Backgammon nicht leicht mogeln. Dein Vater hat dich in einem fairen Spiel verloren."

Ich fragte: „Nicht wahr, er ist ein Teufel?"

„Na ja, die Bezeichnung könnte zutreffen", antwortete der Captain. „Aber nur für den Fall, daß man sich mit ihm anlegt." Er sagte noch: „Du weißt doch, wie das ist – nein, das kannst du ja gar nicht wissen. Wie solltest du? Ein Kind würde es nie wagen, sich mit *ihm* anzulegen."

Wir erreichten schließlich eine Straße, in der einige Häuser neu gestrichen waren und andere abgerissen wurden; immerhin standen dort keine Mülltonnen herum. Die Häuser, mit Treppen, die zum Kellergeschoß hinunterführten, und Mansardenfenstern im vierten Stock, stammten, wie ich heute weiß, aus der Viktorianischen Zeit. Zur Haustür mußte man ein paar Stufen hochsteigen. Einige Türen standen offen. Es war ganz so, als ob diese Straße, Alma Terrace hieß sie, sich nicht entscheiden könnte, ob es mit ihr in der Welt aufwärts oder abwärts gehen sollte. Vor einem Haus mit der Nummer 12 A blieben wir stehen; in einem Haus Nummer 13 hätte vermutlich niemand wohnen wollen. Es gab fünf Klingeln neben der Tür, vier davon waren überklebt, ein Zeichen, daß sie nicht mehr benutzt wurden.

„Vergiß nicht, was ich dir gesagt habe", mahnte der Captain. „Und sprich leise, sie ist nämlich ziemlich ängstlich.“ Ich hatte allerdings damals schon den Eindruck, daß er selbst ein wenig Angst hatte, während er den Finger mit einem gewissen Zögern auf die verbliebene Klingel legte. Er läutete einmal, ließ aber den Finger auf der Klingel ruhen.

„Sind Sie sicher, daß sie da ist?“ fragte ich; denn das Haus wirkte unbewohnt.

„Sie geht nicht oft aus“, antwortete er. „Außerdem wird es allmählich dunkel. Sie mag die Dunkelheit nicht.“

Er drückte nochmals auf die Klingel, zweimal hintereinander, und ich hörte, wie sich im Kellergeschoß etwas regte, und dann ging ein Licht an. Er sagte: „Ich habe einen Schlüssel, ich geb' ihr nur gern eine Vorwarnung. Sie heißt Liza, ich möchte dich aber bitten, sie Mutter zu nennen. Oder Mum. Wenn dir das lieber ist.“

„Warum?“

„Ach, das werde ich dir ein andermal erklären. Jetzt würdest du es doch nicht verstehen. Außerdem hätten wir dazu nicht mehr die Zeit.“

„Sie ist aber nicht meine Mutter.“

„Natürlich ist sie nicht deine Mutter. Ich behaupte ja auch gar nicht, daß sie deine Mutter ist. Mutter ist nur ein Gattungsbegriff.“

„Was heißt Gattungsbegriff?“ Ich glaube, es machte ihm Spaß, komplizierte Wörter zu gebrauchen – ein bißchen aus Angeberei, aber dabei spielte, ich lernte das später verstehen, auch noch etwas anderes mit.

„Hör zu! Wenn's dir nicht paßt, kann ich dich mit dem Zug zurückbringen. Du könntest beinahe rechtzeitig wieder in der Schule zurück sein ... Nur ein bißchen zu spät ... Ich werde dich begleiten und dich entschuldigen.“

„Sie meinen, ich muß nicht zurück? Auch morgen nicht?“

„Wenn du nicht willst, mußt du nie mehr zurück. Ich muß nur Bescheid wissen.“ Er hatte mir die Hand auf die Schulter gelegt, und ich spürte, wie sie zitterte. Er schien Angst zu haben; ich aber empfand überhaupt keine Angst. Ich war kein Amalekiter mehr. Ich war von jeder Angst befreit und fühlte mich auf alles vorbereitet, als sich die Tür zum Kellergeschoß öffnete.

„Ich will nicht zurück“, erklärte ich ihm.

Zweites Kapitel

1

Auf das junge, blasse Gesicht, das aus dem Dämmer des nur von einer ganz schwachen, nackten Birne erhellten Kellergeschosses zu uns hochblickte, war ich allerdings nicht vorbereitet. Die junge Frau machte auf mich absolut nicht den Eindruck einer Mutter.

„Ich habe ihn mitgebracht", sagte der Captain.

„Wen?"

„Victor. Aber wir sollten seinen Namen ändern. Ihn Jim nennen."

Die Möglichkeit, meinen verhaßten Namen einfach dadurch loszuwerden, daß ich einen anderen nahm, war mir nie in den Sinn gekommen.

„Um Himmels willen, was hast du angestellt?" fragte sie den Captain, und selbst ich konnte in ihrer Stimme die Angst heraushören.

Er gab mir einen kleinen Schubs, zur Kellertreppe hin. „Geh runter", befahl er, „sag, was ich dir aufgetragen habe. Und gib ihr einen Kuß."

Ich tat einen winzigen Schritt vorwärts, über die Schwelle und murmelte leise: „Mutter." Mir war zumute wie bei der ersten, peinlichen Probe einer Schulaufführung, das Stück hieß *Toad of Toad Hall,* in dem ich eine völlig unbedeutende Rolle spielte, obwohl damals noch niemand entdeckt hatte, daß ich ein Amalekiter war. Was den Kuß betraf – das brachte ich nicht über mich.

„Was hast du angestellt?" wiederholte sie.

„Ich bin zur Schule gefahren und habe ihn mitgenommen."

„Einfach so?" fragte sie.

„Einfach so. Ich hatte ja einen Brief seines Vaters."

„Wie, um Himmels willen . . .?"

„Ich habe den Jungen auf faire und ehrliche Weise gewonnen, ich kann es schwören, Liza. Beim Backgammon kann man nicht mogeln."

„Du bringst mich noch ins Grab", sagte sie. „Ich hatte doch nicht beabsichtigt, daß du etwas tun solltest, als ich erwähnte . . . Ich habe nur gedacht . . . wenn die Dinge damals anders gelegen hätten . . ."

„Du könntest uns hineinbitten und eine Tasse Tee anbieten."

„Oh, bei deinem Klingeln habe ich den Kessel sofort aufgesetzt. Ich weiß ja, was du gern magst."

In der Küche befahl sie mir ziemlich kurz angebunden, mich zu setzen. Da standen zwei harte Stühle und ein bequemer Sessel. Ich folgte dem Beispiel des Captain und ließ mich auf einem harten Stuhl nieder. Der Kessel auf dem Herd begann zu zischen. Sie sagte: „Ich hatte keine Zeit, die Teekanne anzuwärmen."

„Ich würde den Unterschied sowieso nicht merken", sagte der Captain, wie mir schien, ein wenig verdrießlich.

„Oh doch."

Die beiden waren Fremde. Doch ich entdeckte jetzt bereits, daß ich sie lieber hatte als meine Tante, ganz zu schweigen vom Direktor, meinem Lehrer und Hausvater Mr. Harding oder irgendeinem mir bekannten Jungen. Ich spürte, daß es zwischen ihnen irgendein Mißverständnis gab, und wollte helfen, so gut ich konnte. Ich erklärte: „Das Mittagessen war phantastisch."

„Was hat er dir zu essen gegeben?“

„Ach, nur ein bißchen Fisch“, sagte der Captain.

„Das war nur der Anfang“, berichtete ich, „und der Fisch war immerhin Räucherlachs.“

Ich wußte, daß Räucherlachs etwas Besonderes war, denn ich hatte einen Blick auf die Speisekarte geworfen und den Preis gesehen. Räucherlachs war viel teurer als ein Schweineschnitzel.

„Wie hast du zahlen können?“ fragte sie. „So flüssig warst du doch gar nicht – jedenfalls nicht heute morgen.“

„Ich habe den alten Koffer dafür eingetauscht, den du mir geborgt hast“, antwortete er.

„Das alte Ding! Hör mal, der Koffer war keine zwei Shilling wert.“

„Im Koffer befanden sich drei Paar Socken – sie hatten so viele Löcher, daß ich sie nicht mehr verwenden konnte – und ein paar Ziegelsteine. Der Wirt war ganz zufrieden und hat mir sogar einen Brandy spendiert.“

„Du großer Gott“, sagte sie, „setz dich und trink deinen Tee. Was soll ich nur machen, wenn du ins Gefängnis kommst?“

„Sie könnten mich im Gefängnis nicht lange halten“, entgegnete er. „Genausowenig wie die Wehrmacht, und da mußte ich zu Fuß quer durch ganz Deutschland. Im Vergleich dazu liegt das Kittchen fast um die Ecke.“

„Und du bist fast zwanzig Jahre älter. Horch! Ist da jemand an der Tür?“

„Es sind nur deine Nerven, Liza. Uns ist niemand gefolgt – ich hab’ schon aufgepaßt. Trink deinen Tee, und mach dir keine Sorgen. Du wirst sehen, es geht alles in Ordnung.“

„Was werden die Lehrer machen, wenn er heute abend nicht zurück ist?“

„Ich habe dem Chef dort den Brief seines Vaters gegeben. Er wird ihm wahrscheinlich schreiben, aber ich bezweifle, daß der alte Teufel sich die Mühe machen wird zu antworten. Du weißt selbst, der schreibt nicht gern Briefe und läßt sich in nichts hineinziehen. Anschließend wird der Direktor vermutlich der Tante des Jungen schreiben – falls er ihre Adresse hat –, und die weiß von nichts."

„Und dann wird die Polizei benachrichtigt. Schuljunge entführt. Ich sehe die Schlagzeile schon vor mir."

„Er ist nicht entführt worden, Liza. Er hat die Schule freiwillig verlassen, mit einem Freund seines Vaters. Das Schulgeld wird immer im voraus bezahlt – der Schule kann's also völlig egal sein. Natürlich werden wir ein oder zwei Wochen lang die Zeitungen verfolgen, für alle Fälle. Du *willst* doch nicht zurück in die Schule, Jim, oder?"

„Ich denke, ich möchte lieber hier bleiben", antwortete ich, obwohl ich mir dessen noch nicht absolut sicher war – aber die Höflichkeit schien es so zu verlangen.

„Da siehst du's, Liza. Hab' ich dir's nicht gesagt? Er gehört dir ganz allein. Du bist jetzt Mutter. Eine richtige Mutter, Liza."

„Und wo soll ich ihn unterbringen? Wir haben doch nur das eine Zimmer."

„Das ganze Haus steht dir zur Verfügung. Du kannst dir ein Zimmer für ihn aussuchen. Du bist die Hausmeisterin. Du hast die Schlüssel."

So ging der Tag, der in der Schule böse begonnen hatte, weiß Gott, für mich mit einem Gefühl von freudiger Erregung und Abenteuer zu Ende. Wir durchstöberten das ganze Haus, vom Keller bis zum Dachgeschoß. Mir kam es so vor, als ob wir Afrika erforschten. Jeder

Raum hatte sein besonderes Geheimnis. Der Captain trug, wie ein eingeborener Träger, einen Stapel Decken. Mir ging's durch den Sinn, daß ich noch nie ein ganzes Haus besichtigt hatte. Meine Tante lebte in einer Wohnung im ersten Stock und hielt ihre Nachbarn auf Distanz.

In jenen Jahren, die heutige Praxis ist mir nicht bekannt, ließ man ein unbewohntes Zimmer nie völlig leerstehen; damit der Hauswirt es als „möbliert" bezeichnen konnte. Ich hatte deshalb die Wahl zwischen drei verschiedenen Zimmern mit drei verschiedenen Betten, einem weiteren Raum mit einem schäbigen Sofa sowie letztlich einem Sessel, der groß genug war, um darin schlafen zu können. Mich faszinierten jedoch vor allem die Spuren der früheren Mieter, die, vielleicht sogar ohne Vorankündigung, hinausgeworfen worden waren oder wegen Mietrückstand bei Nacht und Nebel von selbst ausgezogen waren. Auf dem Boden des Dachgeschosses lag eine uralte, zerfledderte Nummer der Zeitschrift *Lilliput*, die mich so lang fesselte, bis es auffiel. „Möchtest du hier schlafen?" fragte Liza, aber das Dachgeschoß lag für den menschlichen Kontakt zu weitab vom Keller. „Nein", sagte ich.

„Nimm die Zeitschrift mit, wenn du willst", sagte der Captain. „Fundsachen darf man behalten – merk dir's. Das ist eine Grundregel menschlicher Natur."

Wir hatten oben im Haus begonnen und arbeiteten uns langsam nach unten vor. In einem anderen Zimmer lag ein liniertes Notizbuch auf einem wackeligen Tisch; irgendwer hatte darin seine Ausgaben festgehalten. An einige wenige Eintragungen, die mir schon damals merkwürdig vorkamen, kann ich mich heute noch erinnern – da waren zum Beispiel Sachen notiert, die Penny-Brötchen hießen. (Was kriegt man heute noch für einen Penny, selbst für einen neuen metrischen Penny?) Der Besitzer schien eine Schwäche für die Penny-Brötchen gehabt zu haben. Neben einem Eintrag – „Mittagessen im ABC für zwei Shilling und Sixpence“ – stand am Rand die Bemerkung „Verschwendung“, mit Ausrufezeichen. Mit einem raschen Blick zum Captain steckte ich mir das Notizbuch in die Tasche. Es hatte viele leere Seiten, die ich vielleicht noch gut gebrauchen konnte. Ich hatte bereits literarische Ambitionen, die ich allerdings weder meiner Tante noch meinem Vater offenbart hatte.

König Solomons Diamanten hatte ich bereits viermal gelesen, und wenn ich je nach Afrika reisen sollte, wie mein Vater, wollte ich meine Abenteuer in einem Tagebuch festhalten.

„Warum wohnt hier niemand?“ fragte ich die beiden.

„Die Eigentümer haben alle fortgeschickt“, erwiderte Liza, „weil sie das Haus abreißen lassen wollen. Ich bin dazu hier, Hausbesetzer fernzuhalten – bis die Eigentümer die Genehmigung zum Abbruch bekommen.“

Sie öffnete eine weitere Tür – wir blickten in eines der Zimmer mit Bett; auf dem Linoleum lagen ein zerbrochener Kamm und ein Büschel grauer Haare. „In diesem Raum ist eine alte Dame gestorben“, sagte sie, „sie war neunundachtzig, und sie starb an ihrem Geburtstag.“ Sie schloß die Tür rasch wieder, und wir gingen weiter – sehr zu meiner Erleichterung, denn ich hatte ja zufällig an diesem Tag Geburtstag, wenngleich das in der Schule niemand wußte, der Teufel dachte selten dran, und der Brief meiner Tante mit einer Postanweisung über fünf Shilling traf gewöhnlich ein paar Tage zu spät ein.

Ich entschied mich schließlich für das Zimmer mit dem Sofa, weil es dem Kellergeschoß am nächsten lag, so daß ich die übrigen menschlichen Bewohner hören konnte. Ein Tischchen stand dort im Zimmer, und an der Wand hing ein Bild mit einem seltsam gekleideten Mann, von dem ich aus irgendeinem Grunde noch weiß, daß er Mr. Lunardi hieß und in einem Ballon vom Richmond Park abhob – daß dort ausgerechnet meine Tante wohnte, war ein weiterer Zufall. Die junge Frau, die ich in Gedanken doch eher Liza als Mutter nannte, trug einen Kochtopf vom Keller herauf, der mir als Nachttopf dienen sollte, und der Captain fand eine Schüssel und einen gesprungenen Krug in einem Schrank. „Seife", dachte er laut und suchte weiter.

Mir wurde klar, daß mir etwas anderes noch dringender fehlte. „Ich habe keinen Pyjama", erklärte ich ihm.

„Oh", sagte Liza in einem Ton äußersten Entsetzens und zögerte mit dem weiteren Herrichten des Sofas. Ich gewann den Eindruck, als hätten die beiden in ihren Plänen für meine Zukunft plötzlich einen verhängnisvollen Fehler entdeckt, und tat alles, um sie rasch wieder zu beruhigen. „Das macht doch nichts." Ich hatte Angst, sie würden mich wegen des fehlenden Pyjamas in die Welt der Amalekiter zurückschicken. „Dann schlaf' ich eben in Hemd und Hose", sagte ich.

„Das wäre gar nicht gut", widersprach Liza. „Es wäre ungesund."

„Mach dir keine Gedanken", sagte der Captain. „Sollten die Geschäfte schon geschlossen haben, werde ich mich morgen gleich als erstes drum kümmern."

„Ich komme auch so zurecht", sagte ich, „wirklich, es geht auch so", weil ich genau zu wissen glaubte, wie wenig Geld er besaß.

„Sie wäre nicht glücklich, wenn du keinen Pyjama hättest", sagte der Captain, und Liza und ich lauschten schweigend, als sich hinter ihm die Haustür schloß.

„Es ist sinnlos, sich mit ihm zu streiten", sagte Liza, „wenn er sich etwas in den Kopf gesetzt hat."

„Pyjamas kosten ein Heidengeld."

„Für wesentliche Dinge hat er immer Geld. Das behauptet er jedenfalls. Mir ist schleierhaft, wie er das schafft."

Es war ein komischer Tag, der so unerwartet auf dem Schulhof angefangen hatte. Ich setzte mich aufs Sofa auf die Decken. Liza setzte sich neben mich.

Ich sagte: „Er ist ein seltsamer Mensch."

Sie sagte: „Er ist ein durch und durch guter Mensch", und mir war selbstverständlich nichts bekannt, um das zu bezweifeln. Eins stand fest: Ich fühlte mich glücklicher hier als in der Schule draußen, glücklicher als überall „da draußen" einschließlich der Wohnung „draußen" bei meiner Tante in Richmond.

„Ich habe ihn auf meine Weise gern", bekannte sie, „und ich bin mir ziemlich sicher, daß er mich gern hat – auf seine Weise. Aber manchmal macht er Sachen für mich, daß ich's mit der Angst zu tun bekomme. Wenn ich ihm sagen würde, ich hätte gern eine Perlenkette, er würde garantiert mit einer Perlenkette aufkreuzen. Die Perlen wären vielleicht nicht echt – sie könnten aber auch echt sein. Woran sollte ich den Unterschied merken? Oder du, zum Beispiel . . ."

„Er ist wirklich ein netter Mensch", unterbrach ich Sie. „Er hat mir zwei Orangeaden spendiert. Und den Räucherlachs."

„Oh, nett ist er schon. Doch, er ist wirklich ein netter Mensch. Das würde ich nie bestreiten wollen. Und du kannst dich auf ihn verlassen – auf gewisse Weise, auf seine Weise. Dieser Pyjama – er wird dir bestimmt einen Pyjama bringen. Aber *wie* wird er sich ihn beschafft haben . . .?“

Eine halbe Stunde später hörte ich das Läuten der Klingel, einmal, dann zweimal – mir fiel auf, wie nervös sie auf das dritte Läuten wartete –, und da war er auch schon, mit einem unausgepackten Pyjama unterm Arm. Den Pyjama hätte ich mir selber nie ausgesucht, nicht einmal in dem Alter, weil ich die Farbe Orange aus irgendeinem Grunde nicht ausstehen konnte, und dieser Pyjama hatte nicht nur Streifen in Orange, sondern auch Orangen auf den Taschen. (Orangen mochte ich nur in Form von Orangeade, und sogar dann schloß ich beim Trinken die Augen, um nicht die Farbe sehen zu müssen.)

„Woher hast du ihn?“ wollte sie wissen.

„Keine Schwierigkeit“, sagte er – so wie er heute wahrscheinlich den Ausdruck „kein Problem“ benutzt hätte.

Liegt es in meinem heutigen Wissen begründet, wenn ich mich zu erinnern meine, in seinen Augen damals eine gewisse Unaufrichtigkeit beobachtet zu haben? Das Gedächtnis trügt. Ganz sicher, oder halbwegs sicher, weiß ich nur, daß er zu mir sagte: „Zeit fürs Bett, Jim.“

„Müssen wir ihn unbedingt Jim nennen?“

„Nenn ihn, wie du willst, meine Liebe. Entscheide du.“

Zumindest an das eine Wort, „Liebe“, das weder in meiner Schule noch bei meiner Tante und, wie ich später feststellen sollte, auch zwischen den beiden untereinander gebräuchlich war, kann ich mich mit Bestimmtheit erinnern.

Ich legte mich in der Hose auf dem Sofa schlafen, nachdem ich, um das zu verschleiern, vorher den orangenen Pyjama zerknittert hatte.

2

Am nächsten Morgen weckte mich eine fremde Frauenstimme, die den Namen „Jim" rief. Ich hatte keine Ahnung, wo ich mich befand. Ich tastete unter dem Sofa mit der Hand nach dem vertrauten Nachttopf, konnte ihn jedoch nirgends finden, fand nur einen Kochtopf auf dem Teppich. Völlig perplex schaute ich mich nach beiden Seiten um, in Erwartung der Holzwände, die im Schlafsaal der Schule Bett von Bett abtrennten, aber sie waren verschwunden. Ich fühlte mich zum erstenmal so richtig allein – keine Stimmen, kein schweres Atmen, kein Furzen. Nur die Stimme dieser Frau, die von unten „Jim" rief. Wer war „Jim"? Da bemerkte ich den Pyjama auf dem Fußboden und zog ihn widerstrebend an.

Als ich die Treppe zum Kellergeschoß hinabging, fluteten mir die seltsamen Begebenheiten vom Vortag wieder ins Bewußtsein – ich konnte mir keinen Reim draus machen, obwohl ich recht glücklich war, weil ich wenigstens nicht wieder in der Schule war; doch ich kam mir in dieser neuen Welt völlig verloren vor. Für einen Jungen des Alters, in dem ich mich damals befand, ist das Glück längst nicht so wichtig wie die Frage seiner richtigen Identität. Ich war ein Amalekiter gewesen – gewiß, kein glücklicher Amalekiter, aber ich hatte meinen Platz in der Welt genau gekannt, und das bedeutete mir mehr als Glücklichsein. Ich kannte meine Feinde, und ich wußte, wie ich dem Schlimmsten, das sie mir antun konnten, zu entkommen vermochte. Aber jetzt ... Ich stieß unten am Fuß der Treppe die Tür auf. Das Wesen, dem ich plötzlich gegenüberstand, war keine Frau, sondern ein bleiches, verängstigtes Mädchen, das kaum mehr als doppelt so alt sein mochte wie ich.

Das Mädchen fragte: „Möchtest du ein weiches oder ein hartgekochtes Ei?"

Ich antwortete: „Ein weiches", und setzte hinzu: „Wer ist Jim?"

„Kannst du dich nicht erinnern?" fragte das Mädchen. „Der Captain hat mir gesagt, ich soll dich Jim nennen. Magst du den Namen nicht?"

„Sicher", sagte ich, „mir ist Jim viel lieber als ..."

„Als was?"

„Mir ist Jim lieber", wiederholte ich vorsichtig; denn mit Namen hat es eine merkwürdige Bewandtnis. Man kann ihnen nicht trauen, bis man sie ausprobiert hat. Warum hätte ich mich des Namens Victor schämen sollen, und warum hatte ich mich mit Jim so rasch einverstanden erklärt?

„Wo ist der Captain?" fragte ich, nur um das Thema zu wechseln.

„Fort, irgendwohin", sagte sie, „ich weiß nicht wohin", und sie nahm mich mit in die Küche und setzte das Wasser auf für mein Ei.

Ich fragte: „Wohnt er hier?"

„Wenn er da ist", antwortete sie, „wohnt er hier, sozusagen. Gewiß." Vielleicht kam die Antwort ihr selbst ein wenig rätselhaft vor, sie sagte nämlich noch: „Wenn du den Captain erst besser kennst, wirst du feststellen, daß es zwecklos ist, ihm Fragen zu stellen. Wenn du seiner Meinung nach etwas wissen sollst, wird er dir's schon sagen."

„Ich mag diesen Pyjama nicht besonders“, sagte ich. „Er ist ein bißchen zu klein.“

„Das meine ich nicht. Ich meine die Farbe – und die Orangen.“

„Nun ja“, sagte sie, „der Pyjama wird vermutlich besonders griffbereit gelegen haben.“

„Können wir ihn nicht umtauschen?“

„Wir sind keine Millionäre“, erwiderte sie empört und fuhr gleich darauf fort: „Der Captain ist ein hilfsbereiter Mensch. Vergiß das nicht!“

„Komisch. Er hat den gleichen Namen wie ich.“

„Welchen? Jim?“

„Nein. Meinen richtigen Namen.“ Ich fügte zögernd hinzu: „Victor“, und gab ganz genau Obacht, ob sie lächelte, aber sie lächelte nicht. Sie sagte: „Ach, er wird ihn sich geliehen haben“, und machte sich mit meinem Ei zu schaffen.

„Leiht er sich viele Namen aus?“

„Als ich ihn kennenlernte, hatte er einen ganz erstklassigen Namen – Colonel Claridge. Den Namen hat er ziemlich rasch wieder abgelegt. Er behauptete, dem Namen sei er nicht gewachsen.“

„Wie nennt er sich jetzt?“

„Du bist mir aber ganz schön neugierig, wie? *Mich* kannst du ja fragen, mir macht's nichts, aber laß dem Captain gegenüber das Fragen sein. Fragen machen ihn nervös. Einmal hat er mir erklärt: ‚Liza, es kommt mir so vor, als hätte ich mein ganzes Leben lang Fragen beantworten müssen. Laß mich damit bitte in Ruh'.‘ Also laß ich ihn jetzt in Ruh', und du mußt ihn auch in Ruh' lassen.“

„Aber wie soll ich ihn nennen?“

„Nenn ihn Captain, wie ich. Den Namen wird er hoffentlich immer behalten.“ Plötzlich leuchteten ihre Augen auf, als wäre sie in ein Zimmer mit einem großen, mit Spielzeug und Wundertüten behangenen Christbaum eingetreten. Sie sagte: „Hast du gehört? Das ist sein Schritt auf der Kellertreppe. Ich könnte ihn aus Tausenden heraushören, auch wenn er mich immer warnt, ich müsse mit dem Öffnen warten, bis er das drittemal geläutet hat – einmal lang und zweimal kurz. Als ob ich nicht längst vorher wüßte, daß er's ist, noch bevor er das erstemal läutet.“

Sie hatte noch nicht zu Ende gesprochen, als sie schon zur Tür eilte, und, natürlich, es läutete dreimal – einmal lang und zweimal kurz. Dann öffnete sie die Tür, und sie begrüßte ihn halb erleichtert, halb klagend, als wäre er ein ganzes Jahr fort gewesen. Ich schaute neugierig zu – ich glaube, ich habe die Komplexität menschlicher Liebe in meinem Leben da zum erstenmal wahrgenommen, aber mir fiel bereits damals auf, wie rasch ihre Zeichen wieder vergehen. Was bei beiden zurückblieb, war Scheu und eine Art Angst. Sie rief: „Der Junge“, und machte sich los.

„Ja, der Junge“, sagte er.

„Möchtest du ein Ei?“

„Wenn es dir nicht zuviel Mühe macht. Ich bin nur hereingeschneit, um zu sehen . . .“

„Ja?“

„Um zu sehen, ob mit dir und dem Jungen alles in Ordnung ist.“

Ich glaube, er ist dann geblieben und hat ein bißchen mit uns zusammen gefrühstückt, aber sonst kann ich mich an nichts erinnern, ich weiß auch nicht mehr, ob er noch bei uns war, als die Nacht hereinbrach.

3

Nach jenem Abend verging etwa eine Woche – oder waren es zwei, drei oder gar vier Wochen (anders als in der Schule verstrich die Zeit, ohne daß Rechenschaft verlangt wurde) –, bis ich den Captain wiedersah, und die Umstände waren ein wenig seltsam. Während seiner Abwesenheit hatte ich viel gelernt, was ich in der Schule nie gelernt hatte – wie man Würstchen briet, daß man sie anstechen mußte, bevor man sie in die Pfanne tat, und wie man ein Ei in die Pfanne zu schlagen hatte, um Spiegeleier mit Speck zu braten. Ich kannte inzwischen auch den Bäkker und den Metzger schon einigermaßen, weil meine Adoptivmutter mich oft zum Einkaufen schickte – sie empfand eine eigenartige Abneigung dagegen, das Haus zu verlassen, obwohl sie sich Morgen für Morgen überwand, wenigstens bis zur nächsten Straßenecke zu gehen, um sich eine Zeitung zu kaufen und dann wie eine Maus in ihr Mauseloch zurückzuhuschen. Ich verstand nicht, wozu sie sich eigentlich die Zeitungen kaufte, denn in der kurzen Zeit, die sie ihrer Lektüre widmete, konnte sie höchstens die Schlagzeilen überfliegen. Mir wird erst jetzt klar, daß sie tagtäglich mit einer großen, fetten Schlagzeile rechnete, etwa *Das Geheimnis des vermißten Schuljungen* oder *Rätselhaftes Verschwinden eines Kindes;* nach dem Überfliegen versteckte sie die Zeitung aber jedesmal zuunterst im Papierkorb. Einmal hat sie mir erklärt: „Der Captain ist ein ordentlicher Mensch. Er kann es nicht leiden, wenn alte Zeitungen herumliegen“, aber ich bin überzeugt, daß sie in Wirklichkeit vor ihm nur ihre Ängste verheimlichen wollte; denn ihre Ängste hätten ihr mangelndes Vertrauen in seine Lebensklugheit verraten, und solche Zweifel hätten seinen Stolz verletzen können.

Denn auf seine Weise war er ein ungemein stolzer Mann, und sie war ein wesentlicher Punkt seines Stolzes geworden – wie auch seiner Ängstlichkeit. Liebe und Furcht – Furcht und Liebe –, heute weiß ich, wie untrennbar sie zueinander gehören; in meinem Alter damals hatte ich jedoch weder vom einen noch vom anderen eine Vorstellung; ich bin mir allerdings nicht sicher, daß ich mich heute wirklich auskenne.

Am Ende jener Woche – falls wirklich nur eine Woche verstrichen war – verließ ich soeben mit einem Brot die Bäckerei, als ich draußen den Captain auf mich warten sah. Er griff in die Tasche und betrachtete einen Florin und eine Shilling-Münze. Er brauchte ziemlich lange, um sich für den Shilling zu entscheiden. Er sagte: „Geh noch mal in den Laden zurück und kauf zwei Éclairs: sie mag Éclairs wahnsinnig gern", und schlug anschließend vor: „Laß uns ein bißchen spazierengehen." War das ein Spaziergang – Straße für Straße in völligem Schweigen. Plötzlich sagte der Captain: „Ein Jammer, daß du noch nicht sechzehn bist."

„Warum?"

„Du kannst ja nicht einmal für sechzehn durchgehn. Du müßtest sowieso achtzehn sein, glaube ich. Ich verwechsle das immer mit der Volljährigkeit."

Ich begriff noch immer nichts.

„Das ist das Problem in diesem verdammten Land", schimpfte er. „Man kann nirgends miteinander reden. Wo könnte sich ein Mann mit einem Minderjährigen friedlich unterhalten? Im Park ist es zu kalt; Liza würde mir nie verzeihen, wenn du dir eine Erkältung holst. Pubs sind für dich tabu. Die Teestuben bieten keine Erfrischungen, die ein erwachsener Mann genießen könnte. Ich könnte in eine Bar, du darfst keine Bars betreten. Du kannst in einer Teestube Tee trinken, aber zu viel Tee – sag das Liza bitte nicht weiter – verdirbt mir den Magen, und das, worauf *ich* Lust hätte, wird dort nicht serviert. Also müssen wir weiter spazierengehen. In Frankreich ist alles ganz anders."

„Wir könnten zu Hause miteinander reden", schlug ich vor. Es war das erste Mal, daß ich das Wort „zu Hause" bewußt verwendete – die Wohnung meiner Tante hatte ich nie als mein Zuhause empfunden.

„Ich will aber mit dir über Liza reden, und in ihrer Gegenwart kann ich nicht über sie sprechen." Einige Straßen lang versank er aufs neue in Schweigen. Plötzlich fragte er mich: „Du hältst die Éclairs doch vorsichtig, ja? Drück bloß nicht auf die Tüte. Wenn Éclairs gedrückt werden, ist's wie mit Zahnpastatuben."

Ich drückte sie, wie ich ihm versicherte, selbstverständlich nicht.

„Sie ißt schrecklich gern Éclairs. Ich möchte nicht, daß sie beschädigt werden."

Wir liefen gut weitere hundert Meter, bevor er wieder etwas sagte.

„Bestell ihr bitte von mir", sagte er, „sag ihr, – aber ganz freundlich und lieb, hörst du –, daß ich für ein oder zwei Monate nicht kommen kann."

„Warum kommen Sie nicht mit, um es ihr selbst zu sagen?"

„Ich will keine Erklärungen abgeben müssen. Ich lüge Liza nicht gern an, und die Wahrheit würde sie beunruhigen. Aber sag ihr – sag ihr, bei meinem Ehrenwort, bei meinem Ehrenwort, hörst du, vergiß es nicht –, daß ich ganz bestimmt wiederkomme und daß alles gutgeht. Es wird ein paar Monate dauern. Das wär's. Und du bestellst ihr natürlich einen Gruß von mir – und alles Liebe!"

Er blieb stehen und fragte mich in ängstlichem Ton: „Kennst du die Gegend hier? Wirst du zurückfinden?"

„Doch", erwiderte ich, „die Metzgerei liegt an der übernächsten Kreuzung. Ich bin hier schon oft gewesen."

„Gut, Sohn. Also, auf Wiedersehen. Es wird Zeit, daß ich verschwinde." Er schien jedoch merkwürdigerweise gar nicht gehen zu wollen. Er erkundigte sich: „Kommt ihr beiden gut miteinander aus?"

„Natürlich", sagte ich. „Prima."

„Sagst du Mum zu Ihr? Du solltest Mum zu ihr sagen."

„Sie möchte, daß ich Liza zu ihr sage."

„Ach, das ist typisch Liza. Sie ist immer für Offenheit und klare Verhältnisse. Bewundernswert. Das Dumme ist nur: Es ist manchmal gar nicht ungefährlich, offen und ehrlich zu sein. Deswegen wäre es beispielsweise viel besser, wenn du Mum zu ihr sagen würdest und nicht Liza. Wenn Leute dich Mum zu ihr sagen hören, scheint ihnen sozusagen alles ganz normal. Sie werden keine Fragen stellen."

„Liza meint, die Leute könnten sich fragen, von wo ich plötzlich hergeweht bin."

Er dachte ein wenig über meine Antwort nach und sagte dann: „Das habe ich nicht bedacht. Sie mag recht haben. Sie überlegt sich wirklich alles ganz genau. Das hat sie in der Schule des Leidens lernen müssen, die arme Liza! Dein Vater, dieser Teufel . . ."

„Sie kennt meinen Vater?" fragte ich neugierig. Ich selbst hatte nämlich nicht viele Erinnerungen an ihn.

„Sie hat ihn einmal gekannt, aber du darfst seinen Namen ihr gegenüber nie erwähnen. Sie soll vergessen." Er wiederholte: „Vergessen . . ." Er fügte hinzu: „Und ich vergesse das Allerwichtigste.“ Er zog einen Umschlag aus der Tasche und befahl: „Gib ihr das, und sag ihr: Wenn es Schwierigkeiten gibt, falls ihr etwas fehlt . . . sie weiß schon, wem sie ihn geben soll.“

„Sie weiß schon, wem“, wiederholte ich. Ich hatte Mühe, mir die Nachricht einzuprägen, ich fand sie so schwierig wie einen Lehrsatz im Grammatik-Unterricht.

Er fragte: „Ist sie glücklich, daß du bei ihr bist?“

„Sie scheint ganz zufrieden“, erwiderte ich.

„Ich möchte nicht, daß sie sich einsam fühlt. Niemals. Spricht sie manchmal von mir?“

„Oh doch“, sagte ich. „Sie macht sich dauernd Gedanken, ob Sie aufkreuzen werden. Sie horcht, nach Schritten.“

„Ich glaube“, sagte er mit einer Art demütigem Zweifel, „sie hat mich ein wenig gern. Natürlich auf ihre Art.“

Der Tonfall, in dem er das sagte, kam mir wieder in den Sinn, als sie ihrerseits mir anvertraute (ich hatte ihr soeben den Umschlag – „und alles Liebe“ – überreicht): „Ich glaube, er hat mich – auf seine Art – wirklich gern.“ Keiner von beiden schien der Art des anderen gänzlich gewiß zu sein. Sie fragte noch: „Du magst ihn, nicht wahr?“

Damals gab es unter uns dreien offensichtlich viele Unsicherheiten, die uns nachdenklich stimmten.

„Man muß den Captain nur verstehen.“ Sie sagte es zweimal hintereinander, und sie sagte es mit solch ernster Stimme, daß ich mich heute noch an den genauen Wortlaut erinnern kann, ganz als habe sie mich für einen Augenblick an dem einen wichtigen Geheimnis teilnehmen lassen, das mir eine rätselhafte Vergangenheit und eine, wahrscheinlich bevorstehende, nicht minder rätselhafte Zukunft entschlüsseln helfen könnte.

4

Was die unmittelbare Zukunft betraf – nun gut, vielleicht nicht die absolut unmittelbare Zukunft, denn ich kann mich eigentlich nicht erinnern, wieviel Zeit vergangen war, bis wir den Captain wiedersahen, und von seiner Rückkehr diesmal habe ich keinerlei Vorstellung mehr: Sind es Wochen gewesen oder Monate? Ist ja auch egal –, also tut meine Erinnerung einen Sprung zu einem Abend hin, als er mich in ein Kino mitnahm.

Wir haben, meine ich, *King Kong* gesehen. (Der Film war selbst für meine damaligen Begriffe bereits von vorgestern.) Ich erinnere mich jedoch an die Bemerkung des Captain beim Kartenkauf: „In diesem alten Flohkino werden die alten Filme gezeigt. Die alten Filme sind immer die besten." Es gab im Kino nur wenige Besucher, die Vorstellung fand nämlich am frühen Abend statt. Trotzdem nahm es der Captain mit unseren Plätzen genau. Für meinen Geschmack saßen wir ein wenig zu weit vorn, und ich fragte ihn, ob wir nicht ein paar Reihen weiter hinten sitzen könnten. Die Antwort war ein überaus deutliches „Nein", so daß ich vermutete, der Captain sei mit dem Alter – mir kam ein Mann in den Vierzigern steinalt vor – kurzsichtig geworden. Mit einem blonden Mädchen im Arm, dessen Namen mir entfallen ist, kletterte King Kong – falls es sich tatsächlich um King Kong gehandelt hat – mühsam an Wolkenkratzern hoch. Er hatte alle gegen sich – Polizisten, Soldaten, sogar Feuerwehrleute, soweit ich mich erinnere. Das Mädchen schlug um sich, gab dann aber bald Ruhe.

„Eine großartige Geschichte", flüsterte mir der Captain ins rechte Ohr.

„Ja."

Ich glaube, die Behörden dieser Geschichte – wer immer sie gewesen sein mögen – haben gegen King Kong, der mich natürlich sehr viel mehr interessierte als die Last, die er mit sich schleppte, sogar Flugzeuge eingesetzt.

„Warum läßt er sie nicht einfach fallen?" fragte ich.

Der Captain mußte meine Bemerkung wohl als äußerst herzlos empfunden haben, denn er antwortete barsch: „Er liebt sie, Junge. Kapierst du das nicht – er liebt sie." Aber das konnte ich natürlich nicht verstehen. Ich hatte beobachtet, wie die junge Frau King Kong getreten hatte, und für mich bedeutete Liebe mehr oder weniger dasselbe wie Gernhaben, außer daß dazu vielleicht noch Küssen gehörte, nur hatte Küssen für mich kaum Bedeutung. Küsse waren etwas, das mir meine Tante aufgezwungen hatte. Trotzdem, mit Treten und Strampeln konnten weder die Liebe noch das Gernhaben etwas zu tun haben; bestimmt nicht. Man trat einen Feind, soviel war mir klar, um ihm weh zu tun, obwohl ich nie jemandem hätte weh tun wollen – bis auf einen Jungen namens Twining, der mir das Leben als Amalekiter unerträglich gemacht hatte, doch das schien bereits Jahre zurückzuliegen.

Mir fiel, als die Beleuchtung anging, etwas Komisches auf. Ich bemerkte Tränen in den Augen des Captain. Mir tat King Kong auch leid, aber nicht in *so* übertriebenem Maße. Schließlich war er der Stärkere, und er hätte das Mädchen zurücktreten können – was mir im Falle von Twining, der um zwei Jahre älter war, nicht möglich gewesen war. Den Captain mußte also wohl etwas anderes beunruhigen, und ich fragte: „Stimmt was nicht?"

„Der arme Kerl!" sagte er. „Er hatte die ganze Welt gegen sich."

„Ich finde King Kong sympathisch, aber warum hat er die ganze Zeit das Mädchen mit sich herumgeschleppt, wenn es ihn nicht gern hatte?"

„Woher willst du wissen, daß es ihn nicht gern hatte?"

„Weil das Mädchen ihn getreten hat."

„Ein paar Fußtritte haben gar nichts zu sagen. Das ist so Frauenart. Er hat sie geliebt. Darauf kannst du dich verlassen."

Schon wieder dieses bedeutungslose Wort „lieben". Wie oft hatte meine Tante mich gefragt: „Liebst du mich?" Und natürlich hatte ich immer bejaht. Damit konnte man sich in einer so schwierigen Situation am besten helfen. Ich hätte ihr doch nicht antworten können: „Du langweilst mich zu Tode." Auf ihre Art war sie eine gute Frau, aber ich mußte ihre Sandwiches immer wieder mit dem Mittagessen vergleichen, das mir der Captain im *Swan* spendiert hatte. Daß ich den Captain gern hatte und daß zwischen uns beiden dieses verschwommene Wort „Liebe" mit seinen rätselhaften Ansprüchen sicherlich nie ein Problem darstellen würde, war mir damals schon klar.

Wir gingen nach dem Kino ein kleines Stück gemeinsam bis zu einer Straßenecke, wo er stehenblieb und mich, wie schon einmal zuvor, fragte: „Findest du nach Hause zurück?" Der Begriff „nach Hause" machte mich noch immer etwas stutzig, obwohl ich ihn probeweise selbst zu gebrauchen begonnen hatte. Den Begriff hatte meine Tante immer verwendet, und bei den seltenen Malen, wenn ich den Teufel besucht hatte, hatte natürlich auch er ihn benutzt, wenn er etwa sagte: „Zeit, nach Hause zu gehn, Junge", obgleich er bloß den Zug nach Richmond und die Wohnung meiner Tante meinte. Ich fragte zurück: „Nach Hause?"

„Zu Liza", sagte er, und ich hatte den Eindruck, ihn irgendwie enttäuscht zu haben, wußte aber eigentlich nicht, wieso.

„Natürlich", sagte ich, „ich habe ja nur drei Straßen weit zu gehen. Kommen Sie nicht mit?"

„Besser nicht." Er reichte mir eine Zeitung und sagte: „Gib ihr das. Sag ihr, sie soll die zweite Seite lesen, sich aber keine Sorgen machen. Es wird alles gut werden."

Ich ging also, wenn auch ein wenig enttäuscht, weil er mich nicht begleiten konnte, zurück zu dem Haus, das ich ihren Wünschen zufolge als mein Zuhause betrachten sollte.

Drittes Kapitel

Lieben und Gernhaben – es muß mir als Kind schwergefallen sein, den Unterschied zu begreifen. Selbst in späteren Jahren, als das sexuelle Verlangen eine Rolle zu spielen begann, habe ich mich oft gefragt: Liebe ich dieses Mädchen nun wirklich, oder habe ich es im Grund nur gern, weil wir zur Zeit Spaß miteinander haben?

Als ich mit der Zeitung in der Hand nach Hause ging, glaubte ich mir ziemlich sicher zu sein, daß ich den Captain gern hatte; ob ich dagegen Liza gern hatte, schien mir gänzlich ungewiß. Rätselhaft waren für mich beide; während mir jedoch das Rätselhafte am Captain interessant vorkam, empfand ich das Rätselhafte an Liza wie eine Enttäuschung, ganz als ob zwischen uns irgend etwas fehlte.

Ich überbrachte ihr Zeitung und Nachricht, doch legte sie die Zeitung in der Küche in eine Schublade, und ich begriff: Sie würde die Zeitung erst lesen, wenn sie allein war.

„Was steht auf der zweiten Seite?“ fragte ich tapfer.

„Auf welcher zweiten Seite?“

„In der Zeitung. Er hat gesagt, du mußt die zweite Seite lesen.“

„Ach, das ist nur einer von seinen Späßen,“ sagte sie und begann, den Tisch fürs Abendessen zu decken.

Ich konnte in jener Nacht nicht schlafen und ging, als alles ruhig war, auf Zehenspitzen nach unten in die Küche. Ich fand die Zeitung, sie lag noch im Papierkorb, und nahm sie mit zu meinem Couchbett nach oben.

Ich schlug die Seite, die der Captain genannt hatte, aber nicht sofort auf. Ich war viel zu aufgeregt. Ich hatte das Gefühl, an diesem Punkt etwas Entscheidendes über den Captain zu erfahren. Er hatte mir gleich am Tag unserer ersten Begegnung gestanden, nicht immer die Wahrheit zu sagen; eine Zeitung aber enthielt nach meinem jugendlichen Verständnis immer nur Wahres, die absolute Wahrheit. Wie oft hatte ich in der Vergangenheit meine Tante über ein außergewöhnliches oder gar unvorstellbares Ereignis wie die Geburt eines Nilpferdes oder Nashorns im Londoner Zoo ausrufen hören: „Natürlich ist es wahr! Es steht in der Zeitung."

Ich sehe die erste Seite des *Telegraph* noch vor mir – der Captain war ein *Telegraph*-Leser. Der *Telegraph*, heute kann ich mir's vorstellen, paßte zum Bild von Melone, Spazierstock und gezwirbeltem Schnurrbart – er war ein Requisit, das ihm zum Aufbau seiner Rolle diente. Mir sprang in großen Lettern eine Schlagzeile mit einer absolut uninteressanten Nachricht ins Auge – über einen Regierungssturz möglicherweise –, an die ich mich wirklich nicht mehr erinnern kann. Wenn es wenigstens ein Mord gewesen wäre ... Es war aber kein Ereignis der Art, das im Gedächtnis eines zwölfjährigen Jungen haften geblieben wäre. Zwei Geschichten der zweiten Seite sind mir dagegen bis heute unvergeßlich geblieben: Die eine Geschichte berichtete von einem ziemlich schrecklichen Selbstmord – ein Mann hatte sich mit Benzin übergossen und dann mit einem Streichholz selbst in Brand gesetzt –, die andere von einem Bandendiebstahl, wie es da hieß. Von Banden hatte ich eine Ahnung: Die Amalekiter bildeten eine Bande. Diese besondere Bande hatte in einem Bezirk namens Wimbledon offenbar einen Juwelier gefesselt und geknebelt. Er hatte noch spät in seinem Geschäft gearbeitet, „Inventur gemacht“, als ein Mann von „militärischem Äußeren“ an die Tür klopfte und nach dem Weg zur Baxter Street fragte – eine solche Straße gab es in Wimbledon nicht. Der Unbekannte hatte sich kaum umgedreht, der Juwelier hatte die Tür seines Geschäfts noch nicht wieder abschließen können, als die Bande zur Stelle war und den gesamten Warenbestand ausräumte, der auf mehrere tausend Pfund geschätzt wurde. Es gab keinerlei Anhaltspunkte, daß der Mann mit dem „militärischen Äußeren“ mit dem Raub zu tun hatte; die Polizei appellierte an ihn, sich zu melden und ihr bei ihren Ermittlungen zu helfen. Man brachte die Bande vorsichtig mit einem Raubüberfall in Zusammenhang, der einige Wochen zuvor begangen worden war.

Ich schlich mich nach unten und brachte die Zeitung zurück und dachte, als ich später auf der Couch lag und lang nicht einschlafen konnte, verwundert über den seltsamen Zufall nach, daß die angeblich nicht existierende Straße meinen Namen trug. Meine Adoptivmutter wirkte am nächsten Tag verängstigt und verstört. Ich hatte den Eindruck, sie fürchte sich vor fremden Besuchern. Es läutete an dem Tage zweimal, und beide Male schickte sie mich zur Haustür, während sie mit einem merkwürdig besorgten Gesicht am Fuß der Treppe verharrte. Beim ersten Mal war es, wie sich herausstellte, nur der Milchmann, beim zweiten Mal hatte sich jemand in der Hausnummer geirrt. Während des Abendessens – es gab, wie gewöhnlich, mein Leibgericht, Hacksteak mit Ei – sagte sie plötzlich ganz unvermittelt und mit einer gewissen Wut, als müßte sie einer Bemerkung meinerseits widersprechen (dabei war ich so schweigsam gewesen wie sie): „Er ist ein guter Mensch“, sagte sie. „Er würde nie etwas wirklich Böses tun. Es widerspräche seinem Wesen. Du mußt das verstehen.“

„Was muß ich verstehen?“

„Ich glaube manchmal, er ist für diese Welt einfach zu gütig. Ich habe Angst um ihn.“

Während der anschließenden längeren Abwesenheit des Captain begann Liza sich über meine Erziehung Gedanken zu machen. „Du müßtest eigentlich etwas lernen“, teilte sie mir beim Teetrinken mit.

„Was denn?“

„So ziemlich alles“, sagte sie. „Zum Beispiel Rechnen.“

„Ich war in Rechnen nie besonders gut.“

„Rechtschreibung.“

„In Rechtschreibung bin ich gar nicht schlecht.“

„Geographie. Wenn nur der Captain zurückkäme! Er würde dir Geographie beibringen. Er ist nämlich ein weitgereister Mann.“

„Befindet er sich jetzt auf Reisen?“

„Ich nehme es an.“

„Du hältst es nicht für möglich, daß er sich selbst in Brand gesetzt haben könnte?“ fragte ich im Gedanken an die zweite Seite.

„Du lieber Himmel! Niemals. Wie kommst du denn darauf?“

„Die Geschichte stand in dem *Telegraph*, den er dir geschickt hat.“

„Du hast die Zeitung also gelesen?“

„Ja.“

„Und du hast mir nichts davon gesagt. Das finde ich gar nicht anständig von dir! Der Captain will aber, daß du anständig und ehrlich bist. Er sagt, eines Tages, wenn er nicht mehr da ist, wirst du dich um mich kümmern."

„Er ist momentan ja nicht da."

„Er meint: gar nicht mehr da ist."

„Er würde dir arg fehlen, nicht wahr?"

„Es wäre, wie wenn ich sterben müßte – noch schlimmer. Ich möchte von uns beiden als erste gehen. Aber er hat mir aufgetragen, mich um dich zu kümmern. Deswegen hat er dich gebracht, glaube ich. Um sicherzustellen, daß ich nicht zuerst gehe."

„Bist du sehr krank?" fragte ich mit der kalten Neugierde meines Alters.

„Nein, aber ich bin einmal sehr krank gewesen, damals, als der Captain mich zum ersten Mal sah – er kam mit deinem Vater ins Krankenhaus. Manchmal, wenn er mich anschaut – er schaut mich dann mit einem so merkwürdig angstvollen Blick an, als läge ich noch immer krank in jenem Bett . . . Das macht mich ganz wütend. Er soll meinetwegen keine Angst haben. Er könnte sonst etwas ganz Unvernünftiges tun."

Dieses Gespräch war vielleicht meine zweite Lektion über die Liebe zwischen erwachsenen Menschen. Liebe, das wurde mir jetzt ganz deutlich, bedeutete Angst, und diese Angst muß wohl auch der Grund gewesen sein, warum es Liza morgens früh immer nach draußen trieb, um sich den *Telegraph* zu kaufen, damit sie im Bilde wäre über das Schlimmste – die befürchteten Folgen dessen, was immer sie auf der zweiten Seite gelesen haben mochte; wenn sie sich aber in ihrer Küche wieder in Sicherheit befand, wußte sie gar nicht, wo sie nachschauen sollte, sie mußte Seite für Seite umblättern, suchte sogar in den Sport- und Wirtschaftsseiten, und sie verheimlichte es nicht einmal mehr vor mir, daß sie in tödlicher

Angst und Vorahnung Neuigkeiten über den Captain zu erfahren suchte.

Ich will nicht behaupten, daß alle Details, die ich angestrengt aus dem Gedächtnis zu rekonstruieren versuche, unbedingt stimmen, aber heute, da wir voneinander getrennt sind, treibt mich ein leidenschaftlicher Zwang, diese beiden Menschen vor meinem Auge wieder zum Leben zu bringen, sie aus dem Dunkel zurückzuholen und es so einzurichten, daß sie ihre traurigen Rollen so wahrheitsgetreu wie möglich spielen. Ich bin mir nur allzu bewußt, wie leicht sich Dichtung und Wahrheit bei mir vermischen könnten – und das ohne jegliche Absicht, die Wahrheit zu verdrehen. Mir geht es ja vor allem darum, die beiden für mich zu verdeutlichen, so daß sie sichtbar weiterleben, wie auf zwei Photographien, die neben meinem Bett stehen könnten, nur besitze ich leider von keinem der beiden ein einziges Photo. Warum bin ich so besessen von ihnen? Vom Captain habe ich seit fast acht Jahren nichts mehr gehört, und Liza, die ich aus eigenem Antrieb verlassen habe, sehe ich nur ganz gelegentlich, und dann übrigens immer mit Schuldgefühlen. Der Grund ist keineswegs der, daß ich so etwas wie Liebe für die beiden empfinde. Es ist vielmehr so, als hätte ich sie kaltblütig zu meinen Romanfiguren gewählt, um meinen leidenschaftlichen Wunsch, zu schreiben, zu befriedigen.

Viertes Kapitel

Es läutete. Aber nur einmal – es war nicht das richtige Zeichen.

„Soll ich zur Tür gehen?“ fragte ich. „Vielleicht ist es der Postbote.“

„Der ist dagewesen, als du die Zeitung geholt hast. Geh nicht an die Tür. Es könnte ein Nachbar sein.“

Es läutete ein zweites Mal.

„Man kann von draußen das Licht im Kellergeschoß sehen“, sagte ich ihr.

„Diese neugierigen Weibsbilder“, sagte Liza. „Diese Mrs. Lowndes von Nr. 23 hat von mir wissen wollen, wer du bist. Ich putzte draußen gerade die Treppe. Ich hab' ihr erklärt, du seist mein Sohn und hättest bei deinem Vater gelebt, bis er starb. Weißt du, was sie da gesagt hat? ‚Warum geht er nicht zur Schule?‘ hat sie gefragt.“

Es läutete zum dritten Mal. Kräftiger.

„Was hast du ihr darauf geantwortet?“ fragte ich.

„‚Er hat Privatunterricht‘, hab' ich ihr gesagt, aber sie hat mir wahrscheinlich nicht geglaubt.“

Es läutete erneut. Zweimal. „Wenn es nun die Polizei wäre . . .?“ fragte Liza.

„Was könnte die Polizei von uns wollen?“

„Du gehst besser hin und schaust einmal nach. Sei aber vorsichtig. Falls sie nach dem Captain fragt: Du kennst ihn nicht, du hast ihn nie gesehen, hier ist er nicht.“

Langsam und nervös ging ich vom Keller nach oben und ließ mir so viel Zeit, daß es noch ein weiteres Mal läuten konnte. Dann bückte ich mich und schaute durchs Schlüsselloch, konnte aber nur ein Stück von einem grauen Mantel mit einem Taschenschlitz erkennen. Ich öffnete die Tür. Da stand mein Vater.

„Der Teufel!" rief ich aus, bevor ich mich bremsen konnte.

Mein Vater war ein weißbärtiger, stämmiger Mann mit einem für sein Alter schönen Gebiß; vielleicht hatte er jedoch Kronen. Die Zahnreihen blitzten mir nun recht freundlich entgegen. „Darf der Teufel hereinkommen?" fragte er. Ich machte ihm Platz.

„Liza", rief er, „Liza", und blickte die Treppe hoch.

„Sie befindet sich im Kellergeschoß", sagte ich, und er machte sich auf den Weg, vorsichtig, Schritt für Schritt ging er nach unten; denn die Stufen waren schmal, und er hatte große Füße.

„Du bist das also", sagte Liza. Sie stand mit einem Fleischmesser in der Hand neben dem Küchentisch – zufällig, weil sie gerade abwusch. „Woher weißt du . . .?"

„Ich habe von Roger eine Ansichtskarte bekommen."

„Roger?"

„Eine Karte mit dem Bild der Kathedrale von Brügge. Er hat mich gebeten, mich nach euch beiden umzuschauen – falls ihr Hilfe braucht, weil er so lange fort ist."

„Wer ist Roger?" wollte ich wissen.

„Oh, Entschuldigung. Er nennt sich sonst gern Captain."

Er drehte sich nach mir um. „Du hast einen ganz schönen Wirbel verursacht, Victor."

Der Name machte mich wütend. Ich sagte: „Ich heiße jetzt Jim."

„Na ja, den Namen verdankst du sowieso nur deiner Mutter. Ich habe ihn nie gemocht. Er klingt ein bißchen zu angeberisch. Sie hat dich Victor nennen wollen, weil du irgendwann im Mai zur Welt gekommen bist, als wir den Jahrestag der Kapitulation der Deutschen feierten."

„Das ist nicht wahr! Ich bin im September geboren."

„Dann hat es eben einen anderen Grund gegeben. Vielleicht hat sie gemeint, es sei *ihr* Sieg, daß sie dich überhaupt bekommen hat. Ihr Sieg über mich. Ich war nicht so wild auf ein Kind."

„Jedenfalls heiße ich jetzt Jim."

„Jim klingt schon ein Ideechen besser, aber noch immer eine Spur gewöhnlich."

„Wir brauchen deine Hilfe nicht", sagte Liza.

„Hätte mir dieser dumme Kerl doch bloß früher gesagt, wo ihr beiden euch versteckt. Er hätte mir eine Menge Sorgen um Victor ersparen können. Ach, stimmt ja: Jim, wenn dir's lieber ist. Zuerst kam deine Tante, und dann schrieb mir irgendein Verrückter namens Bates einen ganz und gar außergewöhnlichen Brief. Behauptete, dein Direktor zu sein. Ich hatte bis dahin noch nie was von ihm gehört. Das Schulgeld habe ich immer an jemand geschickt, der sich Zahlmeister nannte. Aber deine Tante war von allen am schlimmsten. Wie geht's dir, altes Mädchen?"

„Gut geht's mir."

„Kein Ärger mit dem Bauch?"

„Nein."

„Was ist mit Roger – ich meine, mit dem Captain?"

„Er kümmert sich um uns. Du brauchst dir gar keine Sorgen zu machen. Ich sage dir doch, er sorgt gut für uns."

„Von Brügge aus?"

„Er muß wegen seiner Arbeit von Zeit zu Zeit verreisen."

„Arbeit? Der Captain? Daß ich nicht lache!" Er sah sich in der Küche um. „Willst du mir keine Tasse Tee anbieten, Liza, um der alten Zeiten willen?"

„Dann setz dich, wenn's sein muß."

Ich merkte, daß er sich durch ihren Widerstand nicht im geringsten beeinflussen ließ. „Ich vermute, er befindet sich wieder mal in Schwierigkeiten."

„Wenn du schon eine Tasse Tee trinken willst, könntest du eigentlich den Mantel ablegen."

„Nein, nein. Ich will nicht lang bleiben. Ich bin nur auf der Durchreise, ein Zugvogel, Liza. Aber mit dem Kidnappen des Jungen ist dein Captain ein wenig zu weit gegangen. Kein Wunder, daß er sich in Brügge versteckt halten muß."

„Er versteckt sich in Brügge nicht. Und er hat den Jungen nicht gekidnappt. Er hat ihn von dir gewonnen. In einem offenen und ehrlichen Spiel. Beim Backgammon. Beim Backgammon kann man nicht mogeln."

„Es ist noch kein Spiel erfunden worden, bei dem sich nicht Mittel und Wege zum Mogeln finden ließen. Im übrigen haben wir Schach gespielt und nicht Backgammon. Beim Backgammon kann man tatsächlich nicht leicht betrügen, doch beim Schachspiel ... Besonders nach einigen Drinks. Der eine Partner wird ein bißchen müde. Seine Aufmerksamkeit läßt nach. Man vertauscht eine Figur und, sieh mal da: schachmatt. Weißt du, Roger hat so eine Art, die Einzelheiten etwas durcheinander zu bringen. Selbst dieser Name, ‚Captain', wie ihr ihn nennt. Er war Sergeant und nicht Captain, als ihn angeblich die Deutschen schnappten, und ich wage zu bezweifeln, daß die ihn während der Gefangenschaft zum Offizier befördert haben. Falls er überhaupt je Gefangener gewesen ist in *der* Art von Gefängnis. Er hat eine rege Phantasie."

„Ich glaube dir nicht. Du hast ihn immer nur beneidet."

„Es ist ja im Grunde auch egal, oder? Wenn er unbedingt ein Captain sein möchte . . . Aber es war wirklich ein wenig riskant, sich den Jungen zu schnappen."

„Er hat ihn sich nicht geschnappt. Das weißt du ganz genau – er hat ihn beim Backgammon gewonnen."

„Ich habe dir schon gesagt: Schach haben wir gespielt, und selbst da hat er nur mit Mogeln gewonnen."

„Du hast ihm einen Brief an den Direktor mitgegeben. Du hast selbst geschrieben, daß er den Jungen mitnehmen durfte."

„Sicher, für einen Nachmittag – um mit ihm mittagessen und ins Kino zu gehen. Wir wollen uns wegen solcher Kleinigkeiten nicht streiten, Liza. Aber *warum* hat er's getan?"

„Er wollte nicht, daß ich einsam bin. Deshalb. Er denkt eben an seine Mitmenschen."

„Oh ja. Es ist ein Jammer, daß du kein eigenes Kind bekommen konntest."

„Und daran bist du schuld."

„Du weißt ganz genau, daß du dies Kind, das du verloren hast, gar nicht haben wolltest. Gib meinetwegen dem ungeschickten Arzt die Schuld, aber nicht mir."

„Ich wollte kein Kind von dir – *das* ist die Wahrheit."

Die Diskussion der beiden ging mir damals über den Kopf und ist mir lange Jahre rätselhaft geblieben, so daß ihre Auseinandersetzung für mich belanglos war, und was ich jetzt schreibe, fußt auf Erkenntnissen aus späterer Zeit. Seinerzeit hat mich lediglich Lizas unterdrückter Ärger beunruhigt, ich spürte, wie sehr sie sich verletzt fühlte, und daß der Teufel sie verletzt hatte. In meinem Bewußtsein gab es nicht den geringsten Zweifel, wer von beiden der Schuldige war. „Warum gehst du nicht?“ sagte ich zum Teufel und fügte noch hinzu, indem ich allen Mut, dessen ich fähig war, in meine Stimme legte: „Du bist hier nicht erwünscht.“

„Da schau mal einer her! Ich bin dein Vater, Junge!“

„Und Liza ist meine Mutter“, entgegnete ich. Dieses Wort äußerte ich zum ersten Mal mit einem Gefühl des Vertrauens und freudiger Gewißheit.

„Bravo“, sagte der Teufel. „Bravo!“

„Da hast du deinen Tee. Trink!“ sagte Liza zu ihm.

„Wenn ich, bitte, auch ein Stück Zucker haben dürfte. Du hast wohl vergessen, Liza, was für ein Süßschnabel ich bin.“

„Ich will mich an nichts erinnern, was mit dir zu tun hat. Da hast du die Zuckerdose. Nimm, soviel du willst.“

„Vielleicht müßtest du auch den Captain vergessen, wenn du mich vergessen willst. Ohne mich wärst du ihm schließlich nie begegnet.“

„In Ordnung. Zugegeben. Aber sonst bin ich dir keinerlei Dank schuldig.“

„Ach komm. So schlecht war ich doch nun auch wieder nicht zu dir, wie?“

„Du hast mich gezwungen, ein totes Kind zur Welt zu bringen. Er hat mir Jim geschenkt.“

„Ich will nur hoffen, daß du deinen Jim behalten kannst.“

„Oh, ich brauche kein Geld von dir. Der Captain . . .“

„Ich sprech’ nicht von Geld, Liza. Aber ich warne dich: Die Tante hat die Spur aufgenommen. Sie hat sogar etwas von einem Privatdetektiv angedeutet.“

„Und du wirst ihr vermutlich sagen, wo wir sind."

„Hältst du mich wirklich für so einen Teufel, Liza? Nein, ich verspreche dir, ich werde seiner Tante nichts sagen, überhaupt nichts. Sie erinnert mich allzusehr an meine Frau – aber dies Schwesterherz ist noch viel schlimmer. Du kümmerst dich gewiß viel besser um den Jungen, als sie es getan hat."

Er trank seinen Tee und vertiefte sich in die Tasse, als wolle er darin die Zukunft lesen. Er sagte: „Du wirst mir nicht glauben, Liza, aber ich möchte wirklich gern helfen."

„Ich glaube dir nicht."

„Aber *ihm* glaubst du."

„Dafür habe ich gute Gründe."

„Ach, er wird dir eine Menge Märchen erzählt haben. Ich habe sie früher selbst einmal geglaubt. Ich würde ihn nicht eben besonders wahrheitsliebend nennen. Sogar sein Schnurrbart . . . Welche Farbe beliebt es ihm jetzt zu tragen?"

Fünftes Kapitel

1

Doch, sein Schnurrbart war weg, als ich einige Wochen später auf das sehnsüchtig erwartete richtige, sichere Klingelzeichen hin die Treppe hinaufgerannt war. Ich meine, daß während der Abwesenheit des Captain in uns beiden eine gewisse Zuneigung gewachsen sein dürfte. Liza begann ich zu mögen, aber das entsprach eventuell doch noch jener Sympathie, die ein Kind für jemand empfindet und leicht auf andere Menschen übertragen kann, und bei Lizas Zuneigung mag es sich um eine fast automatische Reaktion auf meine Gefühle gehandelt haben, die ebenso rasch wieder hätten verebben können. Was uns in unseren Gedanken und Gesprächen beschäftigte, war der Captain. „Der Captain hat ..." „Weißt du, der Captain hat mir einmal erzählt, in seiner Kriegsgefangenschaft ..."

Aber dieser Mann, der draußen vor der Tür wartete, war nicht der Captain, den wir gekannt hatten. Er war zwar noch ein Captain, aber ein mächtiger, bärtiger Captain zur See, der seinen Spazierstock keineswegs schulterte wie ein Gewehr, sondern wie eine auf Piraten gerichtete Waffe in der Faust hielt. Ich sah ihn völlig sprachlos an und rührte mich einen Augenblick lang nicht einmal, um ihn einzulassen. Und hinter ihm, am Rand des Bürgersteigs, stand ein Auto. Ein Auto!

„Gehört das etwa Ihnen?" fragte ich ihn.

„Natürlich gehört das mir", fuhr er mich an. „Wo ist Liza? Geht es ihr gut?"

Er schob mich beiseite und nahm die Treppe hinunter zwei Stufen auf einmal. Sie begrüßten sich.

Sie war ihm ein, zwei Schritte entgegengekommen, eine Armlänge voneinander entfernt blieben sie jedoch abrupt stehen. Sie küßten sich nicht; es kam nicht einmal zu einer Berührung. Es war, als hätten sie nach den Monaten des Getrenntseins voreinander Angst. Sie sagte: „Du hast dir einen Bart wachsen lassen?"

„Ja."

„Warum?"

„Es schien vernünftiger." Er legte ihr die Hand auf die Schulter. „Alles in Ordnung, Liza?"

„Kein Anlaß zur Beunruhigung."

Als sie sich endlich küßten, war das kein leidenschaftlicher Kuß, wie ich ihn nur einmal und für mich unvergeßlich beobachtet hatte, in *King Kong*, auf der Leinwand, sondern ein leichter, schüchterner Kuß auf beide Wangen, als könnte dem geliebten Menschen sogar diese Geste noch gefährlich werden, ganz wie eine Ansteckung. Ich wandte mich ab, mit einem Gefühl der Enttäuschung, um die Tür zu schließen und zuzusperren und noch einen Blick auf das Auto zu werfen; und als ich wieder zu ihnen in die Küche kam, war sie mit der Zubereitung des unumgänglichen Tees beschäftigt, den der Captain, wie mir längst bekannt war, nur ihr zuliebe trank.

„Der alte Teufel ist also aufgekreuzt", bemerkte der Captain.

„Er saß dort, wo du jetzt sitzt."

Der Captain rutschte unbehaglich auf dem harten Stuhl hin und her, als ob der Körper meines Vaters eine Wärme zurückgelassen hätte, die er noch spüren konnte und die ihm unangenehm war.

„Was hatte er zu melden?"
„Er hat gesagt, daß er mir helfen wollte."
„Und was hast du ihm erwidert?"
„Ich hab' ihm gesagt, daß ich keine Hilfe von ihm brauche."
Der Captain rutschte nach wie vor unbehaglich auf seinem Stuhl herum. „Das war unter Umständen nicht klug, Liza."
„Ich will seine Hilfe nicht in Anspruch nehmen."
„Und er wird mir wahrscheinlich nicht trauen. Trotzdem, eine regelmäßige, kleine finanzielle Unterstützung – selbst wenn sie von ihm käme – würde dir viele Sorgen ersparen. Ich werde ja nicht immer da sein."
„Bis jetzt sind wir noch immer zurechtgekommen."
Ich will nicht behaupten, daß ich mich an Einzelheiten dieses Gesprächs exakt erinnere. An gewisse Worte mag ich mich erinnern, das meiste habe ich erfunden, um die Lücken zwischen Worten aus ihrem Munde zu füllen, weil ich den Klang ihrer Stimmen so gern wieder hören möchte. Vor allem möchte ich gern die einzigen zwei Menschen verstehen, bei denen ich das, was in gewisser Weise wohl doch als Liebe bezeichnet werden darf, beobachten konnte – eine Art von Liebe, die ich persönlich bis zum heutigen Tage bestimmt noch nicht erlebt habe. Nur in einem Punkt bin ich mir beinahe sicher: Ich habe es tatsächlich gehört, wie er Liza nach einer langen Pause fragte: „Hat er dich wieder unglücklich gemacht?" und sie darauf sofort erwiderte: „Das könnte er gar nicht. Nie mehr."
Ist der Captain über Nacht geblieben? Ich hätte es naturgemäß nie in Erfahrung bringen können – dazu waren die beiden viel zu diskret. Als ich mich schlafenlegte, versuchte ich wach zu bleiben, solange ich unten Stim-

men hören konnte, um des beruhigenden Gefühls willen, nicht allein zu sein. Ich horchte angestrengt nach dem Geräusch eines wegfahrenden Autos, schlief jedoch ein, bevor die Stimmen verstummten. Ich weiß nur, daß er am nächsten Tag mit uns frühstückte, und das hab' ich deshalb nicht vergessen, weil erstmals die Frage meines Schulbesuchs angeschnitten wurde.

Ich glaube, diese Frage kam deshalb auf, weil ich mich in der Küche unten gleich nach seinem Wagen erkundigte. „Gehört er Ihnen wirklich?"

„Natürlich gehört er mir."

„Welcher Typ ist es?"

„Ein Morris Minor."

„Ist das ein gutes Auto?"

„Mit einem Rolls-Royce ist er natürlich nicht zu vergleichen. Für mich ist er gut genug."

„Werden Sie mir das Fahren beibringen?"

„Nein. In deinem Alter ist Autofahren nicht erlaubt. Es ist gegen das Gesetz. Und da wir schon vom Gesetz sprechen", er wandte sich an Liza, „es gibt meines Erachtens eine gesetzliche Schulpflicht, aber, verdammt noch mal, ich hab' keine Ahnung, was die vorschreibt. Jim kann lesen, schreiben kann er auch – was braucht ein Junge mehr? Alles übrige lernt man im Leben. Außerdem kann ich ihm manches viel besser beibringen als irgendein Lehrer."

„Naturwissenschaften?"

„Oh, von Naturwissenschaften versteh' ich nicht viel. Ich kann mir aber Jim auch nicht als Naturwissenschaftler vorstellen."

„Religion?"

„Das ist eher Frauensache. Deine Sache."

„Ich kenne mich mit Religion auch nicht besonders aus."

„Gib ihm eine Bibel, die soll er selber lesen. Man kann einem Jungen Religion nicht aufzwingen, Liza. Religion bekommt man nebenher mit. Oder eben nicht."

„Du hast sie wohl nie mitbekommen. Nehme ich an."

„Dann nimmst du zuviel an. Ich habe dir doch schon mal erzählt, daß ich, nach der Flucht, auf meiner Wanderung, auf der anderen Seite der Pyrenäen, ein Kloster entdeckte. Die Mönche fragten nicht nach irgendwelchen Papieren, sie gingen nicht zur Polizei – natürlich, was sich da im Kloster abspielte, war blanker Unsinn, aber die Mönche waren gute Menschen, wenigstens waren sie gut zu mir. Man mag ja selbst kein guter Mensch sein, aber man achtet einen guten Menschen. Ich würde beim Sterben gern in der Nähe eines guten Menschen sein. Von einem guten Menschen lernt man einen Haufen Unsinn, und von einem schlechten Menschen erfährt man die Wahrheit, aber was nutzt das alles, wenn's ans Sterben geht? Ich bin nicht dazu geeignet, dem Jungen Unsinn beizubringen. Er soll die Bibel lesen, soll er sich sein eigenes Urteil bilden. Ich bringe ihm Geographie bei."

„Außerdem gibt es noch Fremdsprachen. Es wäre mir gar nicht recht, wenn ausgerechnet mein Junge dümmer wäre als die anderen."

„Bravo, Liza! Jetzt hast du's endlich ausgesprochen."

„Was ausgesprochen?"

„Du hast es bisher noch nie ausgesprochen: ‚Mein Junge'"

„Na ja, in gewisser Weise ist er doch jetzt mein Junge . . ."

„Was Fremdsprachen betrifft, Liza – kein Problem. Du kannst ihm Schallplatten kaufen – Deutsch im Selbstunterricht, Spanisch . . . Und wie es der Zufall will, hab' ich Grundkenntnisse in beiden Sprachen – du weißt ja, wieso. Ich kann ihm sozusagen ein bißchen unter die Arme greifen ..."

So konnte ich glücklicherweise der Schule fürs erste entkommen und sozusagen mit Privatunterricht beginnen. Sehr regelmäßig war dieser Unterricht nicht. Es hing ganz davon ab, ob der Captain zur Verfügung stand, und der Captain war häufig nicht da. Die Stunden fanden, was sie für mich viel spannender machte, gewissermaßen im geheimen statt; die Nachbarn sahen mich nämlich zur rechten Zeit das Haus verlassen und zur Schule gehen; meine rasche, fluchtartige Rückkehr zu den Unterrichtsstunden, die oben in meinem Zimmer stattfanden, haben sie jedoch nicht bemerkt. Sonst wären den Behörden sicherlich Gerüchte zu Ohren gekommen. Ich folgte also bereits, ohne mir dessen eigentlich bewußt zu werden, in bescheidenem Rahmen den illegalen Fußstapfen des Captain.

An den Sprachunterricht erinnere ich mich kaum; ich meine nur, daß der Captain sich mit dem Deutschen viel leichter tat als mit Spanisch, möglicherweise weil er, sofern seine Berichte der Wahrheit entsprachen, weitaus länger als Kriegsgefangener in Deutschland denn als flüchtiger Kriegsgefangener in Spanien gewesen war. Das beeinflußte auch seinen Geographieunterricht, der eben durch Erlebnisse von Reisen unter recht ungewöhnlichen Begleitumständen geprägt war, was ihn vielleicht lebendiger machte, als es die angelesenen, oberflächlichen Kenntnisse eines Schullehrers hätten sein können.

Ich will eine typische Geographiestunde wenigstens teilweise wiederzugeben versuchen.

„Welchen Weg würdest du wählen, wenn du von Deutschland nach Spanien reisen wolltest?"

„Ich würde mit dem Flugzeug fliegen“, entgegnete ich.

„Nicht doch, das ist gegen die Spielregeln. Wir spielen eine Art Spiel. Wie Monopoly. Es ist Krieg, deshalb mußt du in diesem Spiel zu Fuß gehen.“

„Warum kann ich nicht mit dem Auto fahren?“

„Du besitzt kein Auto.“

Mir gab sein Wagen nach wie vor Rätsel auf.

Hatte er ihn bar bezahlt? Und wie war er an das Geld gekommen? Oder hatte er es wie bei dem Räucherlachs zum Mittagessen angestellt?

Er hatte mir einen Schulatlas gekauft und legte ihn aufgeschlagen vor mich hin, und ich glaube, er war ganz erleichtert, daß ich eine Landkarte mit all den Zeichen und Farben, die Flüsse, Eisenbahnlinien und Berge bezeichnen, einigermaßen zu lesen vermochte.

„Ich würde wahrscheinlich nach Frankreich wandern“, sagte ich.

„Aber nein! Ausgeschlossen. Frankreich steht unter feindlicher Besatzung. Frankreich wimmelt von Deutschen.“

Ich versuchte es noch einmal. „Belgien?“ schlug ich vor.

„Schon besser. Da gibt es zwar auch Deutsche, aber man hat dir eine Adresse gegeben, weißt du. Eine sichere Adresse. Etwa wie dieses Kellergeschoß hier. In einer Stadt, die Liège heißt. Suche Liège.“

Er buchstabierte mir den Namen, und ich fand die Stadt, fühlte mich aber noch immer ein wenig ratlos. „Warum sollte ich nach Spanien wollen?“

„Weil Spanien ein neutrales Land ist, von dort kannst du weiter nach Portugal und von dort aus nach England. Wo liegt Portugal?“

Portugal fand ich ziemlich rasch. „Portugal steht auf unserer Seite", erklärte er, „aber du mußt erst einmal Spanien erreichen. Wie machst du das?"

Seit ich begriffen hatte, daß Geographie eine Art Kriegsspiel war, begann mir der Unterricht so richtig Spaß zu machen. Ich studierte die Karte.

„Um Frankreich komme ich nicht herum, trotz der Deutschen."

„Richtig. An der sicheren Adresse wirst du entdecken, daß es vier Air-Force-Offiziere gibt, die sich versteckt halten wie du, und dann ist da noch eine tapfere, junge Frau – sie ist nicht älter als Liza –, die wird euch begleiten. Die ganze Strecke bis zu den Pyrenäen. Mit dem Zug. Die Pyrenäen sind ein Gebirge, suche es auf der Karte."

Das dauerte länger, weil ich die Pyrenäen zunächst mit den Ardennen verwechselte.

„Warum halten uns die Deutschen nicht an?"

„Die Frau hat euch allen falsche Papiere beschafft. Die anderen vier sprechen ein wenig Französisch. Jedenfalls besser als die Deutschen. Du kannst kein Französisch, deshalb bindet die Frau dir den Kiefer mit einer blutbefleckten Bandage fest, damit du nicht sprechen kannst. Ein Bombenopfer, erzählt sie allen: sie muß dich versorgen. Die anderen, so sagt sie, habe sie im Zug auf der Reise kennengelernt, man habe sich unterwegs angefreundet. Ihr kommt sicher durch Paris. Ihr wechselt den Zug. Ihr steigt schließlich an einem Ort aus, der Tarbes heißt." Er buchstabierte den Namen. „Suche Tarbes auf der Karte."

Es war nur ein Spiel, das wir da spielten, und ich faßte seine Angaben nicht als ein Stück Geschichte auf. Ich weiß bis heute nicht, was von der Geschichte des Captain den Tatsachen entsprach, aber mit Sicherheit habe ich diese Geographiestunden genossen, besonders wenn ich die Pyrenäen bei Nacht barfuß im Schnee überquerte und nach dem saugenden Laut horchte, den die Stiefel der deutschen Patrouillen verursachten. Die späteren Geographiestunden sind in meinem Gedächtnis verblaßt, so daß ich mir sogar heute noch Spanien und Portugal nicht so deutlich vorstellen kann wie Westdeutschland, Belgien und Frankreich; aber Spanien betreffend gingen die Geographiestunden manchmal in Geschichtsunterricht über.

Der Captain hatte eine besondere Schwäche für Drake und Sir Henry Morgan. „Das waren Piraten", erklärte er, „die auf der Suche nach Gold die sieben Meere befuhren."

„Was haben sie mit dem Gold gemacht?"

„Sie haben es den Spaniern abgenommen."

Er berichtete von den spanischen Maultierkarawanen, die das Gold von der Pazifikküste Panamas zum Atlantik transportierten. (Er zeichnete die Route auf der Karte ein. Und er erzählte, wie Drake die Karawanen unterwegs aus dem Hinterhalt überfiel.)

„Drake und Morgan waren Diebe?"

„Aber nein! Ich habe dir's doch gesagt: Sie waren Piraten."

„Was haben die Spanier gemacht?"

„Sie haben hart gekämpft. Sie waren richtige Sportsmänner."

„Hat es Tote gegeben?"

„Es gibt sogar beim Boxen Tote." Er hing eine ganze Weile schweigend seinen Gedanken nach. Dann meinte er: „Diebe befassen sich mit Kleinkram. Piraten stehlen Millionen." Wieder ein langes Nachdenken. „Man könnte Diebe vielleicht auch als Piraten bezeichnen, als Piraten in bescheidenem Rahmen. Sie hatten nicht soviel Glück und keine so guten Chancen wie die Piraten."

In dieser speziellen Unterrichtsstunde gab es eine Menge von Unterbrechungen, die durch Schweigen verursacht waren, und nur wenige geographische Namen. Mit meinem allzu eifrigen Bemühen, ihn zur Weiterreise nach Portugal zu bewegen, hatte ich kein Glück. Nach einer Schweigepause erklärte er: „Wenn ich genug Geld hätte, würde ich gern dorthin reisen, wo Drake gewesen ist – nach Panama und in all die Länder drüben, woher das Gold kam. Aber Liza wäre dort nicht glücklich – sie würde sich dort nicht zu Hause fühlen. Trotzdem, eines Tages, vielleicht . . ."

Ich legte den Finger auf die Karte und setzte ein zweites Mal an: „Aber Portugal. Wie ist es in Portugal?"

„Eine Agglomeration von Sardinen." Er gebrauchte ein Wort, dessen Bedeutung damals wohl keiner von uns richtig verstand. „Portugal kannst du vergessen. Hat man euch in der Schule Gedichte beigebracht, Junge?"

Ich begann Verse aufzusagen, die ich in der Schule hatte auswendig lernen müssen. Ich habe sie inzwischen vergessen, sie handelten aber vom tapferen Horatius, der irgendeine Brücke hielt. Der Captain unterbrach mich: „Da ist mir King Kong einmal täglich lieber." Er fügte entschuldigend hinzu: „Ich halte im allgemeinen nichts von Dichtung – doch von einem Typen namens Kipling sind einige Verse bei mir hängengeblieben. Oh, in deiner Schule hätte man ihn bestimmt nicht verstanden, ‚Tapferer Horatius'", wiederholte er abschätzig. „Wie kann ein Mann überhaupt nur so heißen! Kipling trifft genau, was ein Mann empfindet, jedenfalls ein Mann wie ich. Er hat mir etwas zu sagen. Wenn Liza doch nur das gleiche empfinden würde – wir wären vielleicht schon längst weg von hier und könnten in Sicherheit leben. Wir hätten reich sein, es bequem haben können."

„Sind Sie hier nicht in Sicherheit?" fragte ich.

Er gab auf meine Frage keine Antwort – wenigstens nicht direkt.

Gott segne, sagt' er, Inseln,
wo nie die Fahndung droht,
Gerechte Republiken:
Kein Mann lebt dort in Not.

„Das soll Dichtung sein?" fragte ich.

„Das ist Dichtung, wahre Dichtung, Jim, die einem etwas bedeuten kann. Deinen Tapferen Horatius können sie sich getrost an den Hut stecken. Weißt du, wovon ich träume?"

Ich weiß nicht, warum, ich sagte: „Schildkröten?"

„Schildkröten! Ich träume doch nicht von Schildkröten. Wieso, um Himmels willen, sollte ich von Schildkröten träumen? Ich träume tagsüber, mit offenen Augen; nachts im Schlaf träume ich nicht. Ich träume von dem vielen Gold, das Drake in Panama von den Maultieren heruntergeholt hat. Ich träume davon, daß wir drei reich sind, reich und in Sicherheit; ich träume davon, daß Liza sich alles kaufen kann, worauf sie Lust hat."

„Hat sie den gleichen Traum?"

„Ich weiß selbstverständlich, daß sie keine solchen Träume hat. Sie hat es auch nicht gern, daß ich davon träume."

Ich gebe mir Mühe, eine typische Lektion des Captain zu beschreiben, sehe jedoch nur allzu deutlich, daß meine Darstellung nicht den Tatsachen zu entsprechen vermag. Sie ist durch die Erinnerungen geprägt, und das Gedächtnis blockt Dinge ab, verändert. So wie auch der Captain viele Tatsachen verändert haben mag, als er von seinen Kriegserlebnissen berichtete. Manchmal wohnte Liza einer Unterrichtsstunde bei, und ich bemerkte, daß ihre Lieblingsgeschichte – die Geschichte seiner Flucht nach Spanien, er brachte sie nicht nur im Geographieunterricht, sondern auch in seinen Fremdsprachenlektionen unter (einmal hat er mir damit sogar ein wenig zeitgenössische Geschichte beizubringen versucht) – jedesmal neue Details erhielt, wenn sie anwesend war, als ob es ihm darauf angekommen wäre, seine Erzählung ein wenig interessanter zu machen, wenn Liza zuhörte. (Und diese Details stimmten nicht immer überein.) Ich fragte mich manchmal, ob er nicht absichtlich ein bißchen gelogen haben könnte. Als er mir beispielsweise die Flucht über die Pyrenäen beschrieb, erzählte er, wie er und seine Gefährten in der Dunkelheit nach den Geräuschen der Stiefel der deutschen Patrouille horchten; als ein anderes Mal, später, Liza bei uns im Zimmer saß, dramatisierte er seine Erzählung jedoch durch ein zusätzliches Detail, nämlich – da habe sich über ihm ein Stein gelöst, sei herabgestürzt und habe ihn am Knöchel getroffen, bei feuchtem Wetter könne er den Schmerz noch spüren, er hinke dann plötzlich wieder. Ich habe ihn aber nie hinken gesehen.

2

Den Bart trug der Captain nur ein oder zwei Wochen. Als ich eines Morgens zum Frühstück herunterkam, war er eifrig damit beschäftigt, ihn abzurasieren. Vielleicht schnitt er sich deshalb zweimal, weil er währenddessen eine Melodie pfiff. „Ich komme mir mit diesem komischen Bart immer ganz fremd vor", sagte er mir, „er erinnert mich an jene Fluchttage in den Pyrenäen. Da gab es keine Gelegenheit zum Rasieren. Liza mag den Bart auch nicht. Er kitzelt, wie sie behauptet."

Er drehte sich mit dem Rasierapparat in der Hand um, so daß Liza, die gerade den Tee aufgoß, ihn sehen konnte, und präsentierte sich. „Ist es so recht, Liza?"

„Ich mag es nicht, wenn du blutest."

„Ein kleiner Aderlaß kann niemand schaden." Er muß genau diese Wendung gebraucht haben, ich bin mir da ziemlich sicher, sie klang mir unerklärlicherweise über Jahre hinweg im Ohr. Es waren auch seine letzten Worte, an die ich mich aus jenen Wochen erinnern kann, denn zum Abendessen war er nicht mehr da, und zum Frühstück am nächsten Morgen auch nicht.

„Wo ist der Captain?" fragte ich.

„Wie soll ich das wissen?" sagte Liza in einem Ton, der mir, wenn ich daran denke, heute fast wie ein Verzweiflungsschrei vorkommen will.

„Aber er wollte mir doch noch eine Geschichtsstunde geben", jammerte ich mit dem typischen frustrierten Egoismus meines Alters, und, wie befürchtet, bekam ich statt dessen von Liza Religionsunterricht.

Die Religionsstunden waren weniger erfolgreich verlaufen. Natürlich hatte ich in der Schule mit den Amalekitern zusammen an dem teilgenommen, was meine Mitschüler als „Reli" bezeichneten, hatte aber von den Geschichten des Neuen Testaments trotzdem keine klare Vorstellung – eine Ausnahme bildeten nur die Geburt in der Herberge (es war gewiß keine „Herberge", wo es Gin und Tonic gab), die Kreuzigung und die Auferstehung. Diese Geschichten waren mir vorgekommen wie ein Märchen mit unwahrscheinlichem Happy-End. (Ich habe eigentlich nie daran geglaubt, daß Aschenputtel ihren Prinzen am Ende heiratet.)

Liza hatte die Anweisung des Captain befolgt und in einem Trödlerbuchladen eine Bibel gekauft. Ich warf auch ab und zu einen Blick hinein, fand aber die altmodische Sprache äußerst schwierig; die Sache mit der jungfräulichen Geburt war mir völlig unbegreiflich. Bevor Liza eines Abends das Licht über meinem Sofa ausknipste, bat ich sie, mir die zu erklären. „Ich hab' gedacht, Jungfrau sein würde bedeuten . . ." Aber sie unterbrach mich sofort und ging aus dem Zimmer. Ich blieb in der Dunkelheit allein. Vielleicht wollte sie nicht über Babies sprechen, weil sie selbst keins zur Welt gebracht hatte, und das Wort „Jungfrau" machte sie offensichtlich verlegen.

Trotzdem – dem Captain zuliebe – bat sie mich Sonntag für Sonntag, ihr ein bißchen aus der Bibel vorzulesen; ich fand jedoch bald einen Weg, dieser Gewohnheit zu entkommen, indem ich zweimal Stellen aussuchte, die sie bestimmt nicht erklären konnte. Ich vertiefte mich zu dem Zweck in den Teil der Bibel, der „Altes Testament" genannt wurde, und der, abgesehen von dem Bericht über die Amalekiter, in Reli kaum eine Rolle gespielt hatte.

Ich wollte von ihr zuerst einmal wissen, ob die Bibel ein heiliges Buch sei, und sie antwortete: „Natürlich ist die Bibel ein heiliges Buch.“ Daraufhin las ich ihr dann folgende Stelle vor:

„Und du, Menschenkind, nimm ein Schwert, scharf wie ein Schermesser, und fahr damit über dein Haupt und deinen Bart, und nimm eine Waage und teile das Haar damit. Das eine Drittel sollst du mit Feuer verbrennen mitten in der Stadt, wenn die Tage der Belagerung um sind, das andere dritte Teil nimm und schlag's mit dem Schwert ringsumher; das letzte dritte Teil streue in den Wind, daß ich das Schwert hinter ihnen her ausziehe. Nimm aber ein klein wenig davon und binde es in deinen Rockzipfel.“

Ich fragte: „Meinst du, das alles hat der Captain getan, als er sich beim Rasieren geschnitten hat? Wessen Rockzipfel . . .?“ Ich hatte den Satz nicht zu Ende gesprochen, als Liza bereits aus dem Zimmer gerannt war.

Beim zweiten Mal war ich auf eine phantastische Stelle gestoßen. Ich erklärte: „Ist die aber schwierig! Ich kann nicht einmal alle Wörter verstehn. Hilf mir bitte!“ und begann zu lesen.

„Als nun die Kinder Babels zu ihr kamen, bei ihr zu schlafen nach der Liebe, verunreinigten sie dieselbe mit ihrer Hurerei, und sie verunreinigte sich mit ihnen, bis sie ihrer müde ward. Und da ihre Hurerei und Schande so gar offenbar war, ward ich ihrer auch überdrüssig, wie ich ihrer Schwester auch war müde geworden. Sie aber trieb ihre Hurerei immer mehr und gedachte an die Zeit ihrer Jugend, da sie in Ägyptenland Hurerei getrieben hatte.“

Das Wort „Hurerei“ habe ich vermutlich falsch ausgesprochen, jedenfalls aber ließ mich Liza allein im Zimmer zurück, ohne die Wörter erklärt zu haben, und ich habe nie wieder vorlesen müssen.

3

Als der Captain das nächste Mal kam, trug er wieder einen Schnurrbart, wenn auch einen Schnurrbart anderer Art und anderer Farbe als den mir vertrauten. Es war schon spät, als das vereinbarte Klingelzeichen ertönte, und wir hatten ihn kaum begrüßt, da klingelte es schon wieder – diesmal sehr energisch. Ich hatte mir angewöhnt, in jedem Klingeln eine Art Code zu sehen, und dieses Klingeln kam mir irgendwie bekannt vor, nur eins stand fest: Der Captain konnte nicht geklingelt haben, er stand in der Küche, und ihm verschlug dieses Klingeln fast die Sprache. Ich besaß damals ein hervorragendes Gedächtnis, und beim dritten Klingeln hätte ich wetten mögen, daß draußen vor der Tür mein Vater stand.

„Ich weiß nicht", sagte ich, „aber ich glaube, das ist der Teufel."

„Mach nicht auf", bat Liza.

„Laß den verdammten Kerl herein", widersprach der Captain. „Vor dem haben wir doch keine Angst."

Ich hatte recht. Es war mein Vater, aber er war nicht allein. Schlimmer noch – neben ihm stand meine Tante.

„Hier", fauchte sie mich an, „bist du also, Victor", und bei dem verhaßten und schon fast vergessenen Namen werde ich wohl zurückgewichen sein.

Mein Vater muß meine Angst gespürt haben. „Tut mir leid, Jim", sagte er, und ich muß ihm zugutehalten, daß er sich meinen neuen Namen gemerkt hatte. „Ich mußte sie mitbringen. Sie wäre sowieso gekommen, auch ohne mich."

„Wer ist diese Frau?" wollte meine Tante wissen.

Mein Vater hatte mir ein wenig Mut gemacht. „Liza ist meine Mutter", sagte ich trotzig.

„Du beleidigst die liebe Verstorbene." Meine Tante hatte die merkwürdige Angewohnheit, in bestimmten Situationen wie aus dem Gebetbuch zu reden, vermutlich weil sie soviel in die Kirche ging.

„Darf ich vorschlagen", sagte der Teufel, „daß wir uns setzen und alles manierlich und in Ruhe miteinander besprechen?"

„Wer ist dieser Mann? Was hat er hier zu suchen?"

„Haben Sie keine Augen im Kopf?" Liza hatte sich endlich gefangen. „Er trinkt eine Tasse Tee. Gibt es daran vielleicht etwas auszusetzen?"

„Wie heißt er?"

„Der Captain", erwiderte ich.

„Das ist kein Name."

„Es wäre wirklich besser, wenn du dich setzen würdest, Muriel", sagte mein Vater, und der Captain zog einen Stuhl heran, und meine Tante ließ sich auf der Kante nieder, als befürchte sie, ihr Hintern könnte infiziert werden – von demjenigen von uns, der zuletzt darauf gesessen hatte.

„Sie hat sich einen Privatdetektiv genommen", berichtete mein Vater. „Wie er euch auf die Spur gekommen sein kann, verstehe ich nicht. Einige Schnüffler sind verdammt gerissen. Und sicherlich werden eure Nachbarn geredet haben."

„Ich weiß, wer geredet hat", sagte Liza.

„Sie hat mich gebeten, sie zu begleiten. Sie hat mir erklärt, sie hätte Angst, vor Gewalttätigkeiten."

„Angst?" fragte der Captain. „Die und Angst?"

„Kidnapper!" Meine Tante spuckte das Wort heraus.

„Aber, aber", dämpfte der Teufel, „jetzt wirst du ungerecht, Muriel. Ich habe dir doch gesagt, es war ein faires Spiel, und er hat das Spiel gewonnen."

„Du hast behauptet, er hätte gemogelt."

„Natürlich hat er gemogelt, und ich habe auch gemogelt, Muriel. Frauen", sagte mein Vater und wandte sich an den Captain, „verstehen ein Spiel wie Schach einfach nicht. Jedenfalls habe ich ihr auseinandergesetzt, daß juristisch das Sorgerecht für den Jungen bei mir liegt, und daß ich Liza die Erlaubnis gegeben habe . . ."

„Meine Schwester hat mich auf dem Sterbebett gebeten, dafür zu sorgen . . ."

„Oh ja, und ich habe mich damals einverstanden erklärt, aber das ist lange her. Im vergangenen Jahr hast du mir selbst gesagt, du seist die Verantwortung leid."

„Ich habe trotzdem meine Pflicht erfüllt. Es wird höchste Zeit, daß du *deine* Pflicht erfüllst." Sie wandte sich Liza zu. „Der Junge erhält keine Schulbildung. Das ist gegen das Gesetz."

„Du hast wirklich einen guten Detektiv angesetzt, Miriam", sagte der Teufel.

„Ich heiße *Muriel!* Nach all den Jahren dürfte mein Name dir bekannt sein."

„Entschuldigung, Muriel. Muriel, Miriam – für meine Ohren klingen die Namen ziemlich gleich."

„Ich kann keinerlei Ähnlichkeit entdecken."

„Jim bekommt hier Privatunterricht", sagte Liza.

„Sie werden die Schulbehörden überzeugen müssen."

„Was wissen die schon?"

„Die werden genauestens informiert, dafür werde ich sorgen. Wer unterrichtet Victor?"

„Ich", antwortete der Captain. „Ich unterrichte ihn in Geographie und Geschichte. Religion überlasse ich Liza. Addition, Subtraktion und Multiplikation kann er bereits. Und damit ist für alles gesorgt, was ein Mensch braucht. Ich nehme nicht an, daß Sie viel von Algebra verstehen."

„Können Sie sich als Lehrer ausweisen, Mr.... Mr....?"

„Nennen Sie mich Captain, Ma'am. So nennen mich alle."

„Wie heißt die Hauptstadt von Italien, Victor?"

„Im modernen Geographieunterricht lernt man keine Ortsnamen mehr auswendig, Ma'am. Das ist ein alter Hut. Heute beschäftigt man sich in der Geographie mit Landschaften – wie man in der Welt herumreist. Jim, sag ihr einmal, wie man von Deutschland nach Spanien kommt."

„Ich laufe zuerst nach Belgien, dann nach Liège. Dort nehme ich den Zug nach Paris, und von Paris aus fahre ich mit einem anderen Zug bis Tarbes."

„Wo, um alles in der Welt, liegt denn Tarbes?"

„Da haben Sie es, Ma'am. Auch Sie kennen keine Ortsnamen, aber unser Jim weiß, wie es von Tarbes aus weitergeht. Fahr fort, Jim."

„Von Tarbes aus würde ich die Pyrenäen zu Fuß überqueren, bei Nacht."

„Welch ein Quatsch! Was willst du damit sagen: ‚zu Fuß überqueren, bei Nacht'?"

„Auf die Geräusche deutscher Stiefel achten, die im Schnee absacken."

Dieser Satz hat für meinen Privatunterricht wohl das Ende bedeutet. Einige Wochen später besuchte ich eine Kommunalschule. Ich war nicht unglücklich dort, denn ich war kein Amalekiter. Wenn ich allein durch die Straßen von London ging, empfand ich ein Gefühl von Freiheit, ganz so, als befände ich mich, wie die Männer, denen ich begegnete, auf dem Weg zu einem Büro und zu einer Arbeit. Der Unterricht war nicht so interessant, wie es die Stunden des Captain gewesen waren, aber ich hatte längst begriffen, daß ich mich auf einen normalen Unterricht beim Captain nicht verlassen konnte – nicht einmal in Geographie.

Sechstes Kapitel

Ich glaube, der Anlaß zur längsten Trennung kam gut zwei Jahre nach Beginn meines Schulbesuchs. Es war ein Samstagnachmittag, und ich hatte schulfrei. Liza war Brot kaufen gegangen und hatte mich ausnahmsweise mit meinen Schulbüchern allein gelassen. Da läutete es. Es war weder das Klingelzeichen des Captain noch das meines Vaters. Dieses Klingeln war ein leises, beruhigendes, ja freundliches Läuten. Der Klingelnde wartete, wie es die Höflichkeit gebot, eine Weile, bevor er wieder läutete, und es war immer noch kein drängendes, kein forderndes Läuten. Liza hätte freilich niemals auf ein anderes Klingelzeichen als des Captain die Tür geöffnet, aber nun hatte ich das Kommando.

„Wer ist da?“ rief ich durch die Tür, und eine Stimme antwortete: „Öffnen Sie bitte die Tür. Ich bin von der Polizei.“ Ich war ganz aufgeregt und stolz über meinen ersten gesellschaftlichen Kontakt mit einer Einheit, der ich, wie ich manchmal träumte, eines Tages angehören wollte, und ließ ihn also ein.

Der Mann sah nicht wie ein Polizist aus; er trug, was mich ein wenig enttäuschte, keine Uniform. Er erinnerte mich eigentlich auf seltsame Weise an den Captain. Beide trugen Tagesanzüge wie eine Verkleidung, und ich fragte mich, ob dieser Mann nicht ein bislang unbekannter Bruder des Captain sein könnte. Er sagte: „Ich möchte deinen Vater sprechen.“

„Er lebt nicht hier", teilte ich ihm, ohne zu lügen, mit; denn ich nahm selbstverständlich an, daß er den Teufel meinte.

„Wo ist deine Mutter?"

„Sie ist Brot kaufen gegangen."

„Dann sollte ich warten, bis sie zurückkommt."

Er ließ sich in dem einen bequemen Sessel nieder und wirkte zunehmend wie ein Verwandter auf Besuch. „Bist ein ehrlicher Junge, hm?" fragte er.

Ich hielt es für das beste, ganz genau zu sein, da ich mit jemand von der Polizei sprach. „Manchmal", sagte ich.

„Wo wohnt dein Vater, wenn er nicht da ist?"

„Er ist niemals da", sagte ich.

„Niemals?"

„Na ja, ein- oder zweimal war er da."

„Ein- oder zweimal? Wann war das?"

„Das letztemal vor etwa zwei Jahren."

„Ein Musterpapa ist er wohl nicht?"

„Liza und ich wollen ihn nicht bei uns haben."

„Wer ist Liza?"

„Meine Mutter." Ich erinnerte mich wieder, daß Ehrlichkeit von mir erwartet wurde. „Na ja, eine Art Mutter."

„Was meinst du mit ‚eine Art Mutter'?"

„Meine Mutter ist tot."

Er stieß einen Seufzer aus. „Willst du damit sagen, daß Liza tot ist?"

„Natürlich nicht. Ich habe Ihnen doch gesagt: Sie ist in der Bäckerei."

„Mein Gott, bist du ein schwer zu verstehendes Kind! Wenn nur deine Art Mutter bald zurückkäme! Ich möchte ihr nämlich gern ein paar Fragen stellen. Wenn dein Vater nicht hier wohnt, wo lebt er dann?" setzte er hinzu.

„Meine Tante hat mir einmal erzählt, daß er in einer Stadt wohnt, die Newcastle heißt, aber meine Tante ... sie wohnt in Richmond" (ich redete immer weiter und erzählte ihm, um meinen guten Willen zu zeigen, alles, was ich wußte), „aber die beiden kommen überhaupt nicht miteinander aus. Sie nennt ihn den Teufel."

„In dem Punkt", sagte er, „nach dem zu urteilen, was du so erzählst, hat sie vielleicht gar nicht so unrecht", und im selben Augenblick ging oben die Tür auf, und ich hörte Lizas Schritte auf der Treppe.

Aus irgendeinem Grund rief ich laut: „Liza, ein Polizist ist da."

Liza trat ein, das Brot hielt sie wurfbereit wie einen Ziegelstein. „Ein Polizist?"

Er suchte sie zu beruhigen. „Ich wollte Ihnen nur ein paar Fragen stellen, Ma'am. Es dauert nur eine Sekunde. Ich denke, Sie könnten uns ein wenig behilflich sein."

„Einem Polizisten würde ich niemals helfen. Nie."

„Wir suchen einen Mann aufzuspüren, der sich als Colonel Claridge ausgibt."

„Ich kenne keinen Colonel Claridge. Ich verkehre nicht in solchen Kreisen. Ich habe noch nie einen Colonel gekannt. Können Sie sich in einer Küche wie dieser hier einen Colonel vorstellen? Sehen Sie sich doch nur den Herd an. Ein Colonel würde sich eher umbringen, als sich neben solchem Ofen blicken zu lassen."

„Er tritt unter anderem Namen auf, Ma'am. Unter dem Namen Victor, zum Beispiel."

„Ich hab' Ihnen doch schon gesagt, ich kenne keine Colonels und keine Victors. Aus mir bekommen Sie nichts heraus."

Ich habe mich immer gefragt, was nach jenem Besuch wohl passiert ist und was eigentlich zu ihm geführt haben könnte. Es sollten Jahre vergehen, bis ich den Captain wiedersah, und dann waren seine Besuche kurz, und ich war nicht immer zu Hause. Wenn ich aus der Schule nach Hause kam, bemerkte ich nur gelegentlich eine halbleere Teetasse.

Hab' ich ihn vermißt? Abgesehen von gelegentlichem heftigen Verlangen, daß sich etwas Aufregendes ereignen möge, kann ich mich an keinerlei Gefühlsregungen erinnern. War ich dem Captain, diesem Ersatzvater, der mir inzwischen so ferngerückt war wie mein richtiger Vater, in Liebe zugetan? Liebte ich Liza, die sich für mich sorgte, mir richtig zu essen gab, mich zur rechten Zeit zur Schule schickte und mit einem ungeduldigen Kuß daheim wieder willkommen hieß? Liebte ich überhaupt jemand? Wußte ich, was Liebe war? Weiß ich es, Jahre später, heute, oder habe ich von der Liebe nur in den Büchern gelesen? Der Captain kehrte selbstverständlich zurück, irgendwann schien er am Ende immer heimzukehren.

Seit ich Liza verlassen und aufgegeben habe, was ich als mein Zuhause zu bezeichnen gelernt hatte, höre ich von seiner Abwesenheit nur aus zweiter Hand, auf meinen Besuchen bei Liza. Manchmal verging ein ganzes Jahr, manchmal waren es zwei. Ich habe sie niemals klagen gehört. Ich verwende immer dasselbe Klingelzeichen; sonst würde sie mich garantiert nie einlassen. Sie hofft zweifellos jedesmal, daß er's ist, der geläutet hat, und nicht ich. Nur dreimal traf ich bei meinen Besuchen zufällig mit ihm zusammen, und er war davon überzeugt – ich hab's deutlich gespürt –, daß ich noch im Hause lebte. „Einkaufen gewesen?" fragte er das eine Mal freundlich und desinteressiert; ein anderes Mal erkundigte er sich flüchtig nach meiner Arbeit als Journalist. „Bleibst du der Arbeit wegen abends auch nicht zu lange weg?“ wollte er wissen. „Liza haßt die Dunkelheit, wie du weißt“, und anschließend flehte mich Liza an: „Sag ihm bitte nie, daß du nicht mehr bei mir wohnst. Er soll sich meinetwegen keine Sorgen machen müssen. Er hat Sorgen genug.“

Warum war ich ausgezogen? Weshalb hatte ich sie allein gelassen? Vielleicht war ich der Komödie allzu überdrüssig geworden, die Liza während der längeren Abwesenheiten des Captain immer häufiger spielte. Ich empfand das Ganze als Spiel, mit dem sie ihn vor Vorwürfen schützen wollte, und ertrug die Komödie nur so lange, als noch damit zu rechnen war, daß er eines Tages für immer zurückkehren und sich bei uns niederlassen würde. Ich war mütterliches Verhalten nicht gewohnt. Ich hatte vorher nur Tantenhaftes erlebt, das war mir verhaßt, und möglicherweise empfand ich Liza inzwischen mehr als Ersatztante denn als Muttersatz. Solange der Captain da war, konnte ich sie ertragen. Der Captain machte nie den Versuch, den Vater zu spielen. Er war ein Abenteurer, er gehörte zu der Welt von Valparaiso, von der ich als Kind geträumt hatte, und wie alle Jungen zog mich vermutlich das Geheimnisvolle, Ungewisse an, das Fehlen von jener Monotonie, die im Familienleben am schlimmsten zu ertragen ist.

Ich lehne es ab, mich schuldig zu fühlen, weil ich sie verlassen habe. Er schickt ihr, wenn er fort ist, sicherlich Geld, und mir kommt es seltsamerweise so vor, als ob sie ohne mich zusammen alt werden, obwohl er inzwischen selten dazusein scheint. Ich habe mich immer gefragt, ob nicht vielleicht . . .

ZWEITER TEIL

Siebtes Kapitel

1

„Ich habe mich immer gefragt. . ." Was habe ich mich eigentlich „immer gefragt?" überlegte ich, als ich diesen Bericht über unser Zusammenleben las, einen Bericht, den ich vor Jahren zu schreiben begonnen, dann, als ich fortging, aber aufgegeben hatte. Ich fand in ihm auf meine Fragen keine Antwort.

Über Lizas besorgniserregenden Zustand im Krankenhaus hatte mich die Polizei verständigt, und an den Ort, den ich, nach wie vor zögernd, mein Zuhause nenne, kehrte ich also zurück, um all die lästigen Dinge zu erledigen, die notwendig sind, wenn man mit dem Tod eines Elternteils rechnet. Sie hatte eigentlich keinen nahen Verwandten, dem ich die unangenehme Aufgabe hätte übertragen können. Liza war bei einem Verkehrsunfall fast ums Leben gekommen, als sie auf dem Heimweg vom Bäcker, bei dem ich früher immer das Brot holen mußte, die Straße überquerte. Die Polizei fand in ihrer Tasche einen Brief an mich, in dem sie mich, typisch, ermahnte, mich gegen die nächste Grippe impfen zu lassen, und angesichts ihres nahenden Todes überkam mich kurz ein Schuldgefühl, weil ich sie verlassen hatte – sonst wäre ja ich Brot kaufen gegangen, und der Unfall wäre nie passiert.

Im Krankenhaus, das Sprechen machte ihr Mühe, bat sie mich, viele Briefe zu vernichten, sie wünsche nicht, daß Fremde sie läsen. „Ich weiß gar nicht, warum ich sie aufbewahrt habe“, sagte sie. „Er schreibt immer so dummes Zeug.“ Sie fügte hinzu: „Sag dem Captain nicht, daß ich hier bin.“

„Wenn er aber auftaucht ...“

„Er wird nicht auftauchen. Im letzten Brief sprach er vom nächsten oder übernächsten Jahr ...“ Sie fügte hinzu: „Sei gut zu ihm. Er ist immer gut zu uns gewesen.“

Ich sprach das verbotene Wort aus: „Liebt er dich?“

„Ach, die Liebe. Gott liebt uns, wird immer behauptet. Wenn das Liebe sein soll, ist mir ein bißchen Güte lieber.“

Auf seine Briefe war ich vorbereitet; aber diese unvollendete Geschichte – Dichtung, Autobiographie? –, die ich hier niedergeschrieben habe, war für mich eine kleine Überraschung. Sie lag unter verschiedenen Stapeln von Briefen, die, säuberlich gebündelt und mit Gummibändern zusammengehalten, von Liza aufbewahrt worden waren, in der Küchenschublade, die sonst nur noch Servietten und komische unnütze Sachen enthielt, die in längst vergangenen Zeiten als Zierdecken bekannt gewesen sind.

Ich erkannte zunächst nicht einmal die eigene Handschrift wieder, so leserlich war sie früher gewesen. Meine Handschrift ist mit den Jahren und der Hetze, die zum billigen Journalismus gehört – Reportagen über banale Vorkommnisse für eine Zeitung, die ich im Grunde verachte – fast unleserlich geworden.

Es hat in meiner Jugend einmal eine Zeit gegeben, in der ich den ehrgeizigen Wunsch hegte, ein richtiger Schriftsteller zu werden, und in jener Zeit muß ich vermutlich dies Fragment begonnen haben. Vielleicht hatte ich diese Form gewählt, weil ich so wenig von der Welt draußen wußte, was andere hätte interessieren können. Ich muß diesen Entwurf – Entwurf wovon? – zurückgelassen haben, als ich eine der seltenen Abwesenheiten Lizas nutzte und überraschend und schamrot mein Kellerleben aufgab. Und einen Teil des Geldes, das ich in ihrem Schlafzimmer gefunden hatte, nahm ich mit – ihr bliebe, sagte ich mir, bis zum Eintreffen des nächsten Betrages vom Captain genug übrig. Er hatte sie noch nie im Stich gelassen, und der kleine Betrag, den ich entwendete, stünde mir fairerweise zu, dachte ich. Sie hätte in den folgenden Monaten bestimmt viel mehr für mich ausgegeben und konnte die nächste Überweisung nun ganz für sich allein verspielen – nicht, daß sie je mit Geld gespielt hätte.

Offensichtlich hatte Liza mein Manuskript gelesen. (Ich war froh, daß ich beim Durchblättern keine verletzende Kritik an ihrer mütterlichen Fürsorge entdeckte.) Auf die letzte Seite hatte sie in ihrer nicht eben hochgebildeten Schrift nämlich ein paar Worte gekritzelt, die als förmliche Inschrift für den Grabstein des Captain hätten gedacht sein können; vielleicht sollten sie aber auch eine letzte Antwort für all die Polizisten sein, die sie mit ihren Fragen so verunsichert hatten: „Was immer ihr über ihn sagt, der Captain war gut zu uns beiden. Er war“ (das „war“ hatte sie durchgestrichen) „er ist ein sehr guter Mensch.“ Bezeichnenderweise hatte sie den mysteriösen Begriff „Liebe“ nicht benutzt; für den Grabstein blieb es bei dieser trotzigen Anerkennung der Tugend des Captain. Hatte zwischen diesen zwei seltsamen Menschen, die ich als Kind kaum zur Hälfte gekannt hatte, je so etwas wie körperliche Liebe stattgefunden? (Ich überlegte, ob hinter meinem Fragezeichen am Rand diese Frage gestanden haben konnte.)

Es war ein seltsames Gefühl, so ganz für mich allein, in dem schäbigen Kellergeschoß an dieser baufälligen Straße in Camden Town, ein Schriftstück zu lesen, das ich vor so langer Zeit aufgesetzt hatte, und anschließend überflog ich die bislang nie bemerkten Briefe des Captain, einen nach dem andern, die sämtlich in ihren Umschlägen mit den ausländischen Briefmarken aufbewahrt worden waren. Ich entdeckte rasch, daß der Captain, ganz und gar gegen seinen Willen, die Briefe fortwährend an das Haus im Camden Town adressiert hatte. Der Captain hatte es jedenfalls gut mit uns gemeint. Während all seiner Abwesenheiten hatte er mit einiger Regelmäßigkeit geschrieben, dabei allerdings nur selten als Adresse etwas genaueres angegeben als „Postlagernd". Sein letztes Verschwinden, das ich miterlebt hatte, ereignete sich kurz vor dem Besuch eines weiteren Polizeibeamten in Zivil. Danach sollte in Abständen von zwei oder drei Monaten ein kleines Päckchen ankommen, das manchmal einen Brief enthielt, manchmal auch nicht, stets jedoch Geld oder Wertsachen. Das Päckchen wurde von unbekannter Hand, die zunächst das gewisse Klingelzeichen gegeben hatte, in den Briefkasten geworfen.

„Ich mag das nicht. Ich kann es nicht ertragen", erklärte Liza mir einmal. „Es ist nicht fair. Es war unser persönliches Geheimnis. Bei dem Klingelzeichen denke ich ... diesmal vielleicht ... und er ist es nie. Mir kommt es manchmal schon so vor, als sei dies Klingelzeichen das einzige, was wir wirklich gemeinsam gehabt haben." Sie fügte pflichtschuldig hinzu: „Außer dir natürlich."

Dann trafen monatelang weder Geld noch Briefe ein. Glücklicherweise hatte der Hauseigentümer keine Genehmigung erhalten, das Haus, wie geplant, abzureißen, und drei von den Zimmern oben widerwillig möbliert vermietet, so daß Liza sich einige Extras und Trinkgelder verdienen konnte. Von dem allein, was Liza als Hausmeisterin bekam, hätten wir zwar überleben, nicht aber leben können.

Beim Durchblättern der Briefe erinnerte ich mich, wie aus heiterem Himmel damals doch noch ein Umschlag eingetroffen war – mit einer spanischen Briefmarke und einem Stempel von einem Ort an der Costa Brava. Er enthielt einen wesentlich größeren Betrag, als der Captain je zuvor geschickt hatte – einen Scheck über dreitausend Pfund, ausgestellt auf eine Schweizer Bank –, und ich erinnere mich an Lizas bestürzten Ausruf: „Das ist entsetzlich. Was hat er angestellt? Sie werden ihn schnappen. Sie werden ihn eine Ewigkeit ins Gefängnis stecken." Dieses Schicksal blieb ihm, wenn aus keinem anderen Grunde, jedenfalls deshalb erspart, weil es damals kein Auslieferungsabkommen mit Spanien gab.

Ich fand diesen Brief ziemlich oben auf dem Stapel und las ihn zum ersten Mal. Wie ich dem Datum entnehmen konnte, war er nicht lange vor meinem Auszug eingetroffen, als ich Volontär bei einer Lokalzeitung wurde; ich hatte die Stellung, trotz meiner Jugend, aufgrund eines recht flüssigen Berichtes über ein bizarres Ereignis bekommen, das in Wirklichkeit nie stattgefunden hatte. Möglicherweise hatte die Überschrift meines Texts die Aufmerksamkeit der Redaktion erregt – „Der betrogene Betrüger". Ich befürchtete, der Redakteur könnte bei meiner fingierten Quelle Nachforschungen anstellen, aber ich hatte mit meinem Artikel einen günstigen Zeitpunkt erwischt; die Zeitung ging gerade in Druck, und der Redakteur wollte ihn unbedingt in der ersten und einzigen Ausgabe haben, die herauskam, bevor die Massenblätter wie *Mail* und *Express* daraus Schlagzeilen machen könnten. Ich war bis dahin so naiv gewesen, Lizas Überzeugung zu teilen, daß es einer Zeitung auf die Wahrheit und weniger aufs Leserinteresse ankäme. Mein Erfolg half, mich von dieser Naivität zu kurieren.

Als ich Liza die gute Nachricht von meinem Job überbringen kam – ich hielt sie für eine besonders gute Nachricht wegen des cleveren krummen Tricks, den ich angewandt hatte (der Captain hätte bestimmt applaudiert) –, saß sie in der Küche und hielt den Brief in der Hand, den ich jetzt vor mir liegen habe.

Obgleich Liza mir befohlen hatte, die Briefe zu vernichten, dachte ich nicht daran, das zu tun, wenigstens nicht, bevor ich sie alle gelesen hätte. Bei meinem nächsten Besuch im Krankenhaus würde ich ihr selbstverständlich versichern – „habe sie gar nicht erst aus den Umschlägen genommen – habe sie gleich in den Ofen geworfen". Ich empfand keine Schuldgefühle. Diese beiden Menschen hatten mich zu dem gemacht, was ich geworden war. Ich hatte ein Anrecht darauf, die zu kennen, die mich geschaffen hatten.

„Meine liebe Liza", begann ich zu lesen. „Wenn ich diesen Brief abgeschickt habe, mache ich mich, so rasch es geht, wieder auf den Weg. Spanien ist auch nicht mehr das, was es einmal war, also auf und davon, dorthin, wohin ich immer schon wollte, nämlich in die gerechten Republiken, wo ein Mann ohne Ärger und große Umstände sein Glück machen kann, und es kann ein Weilchen dauern, bis ich wieder schreibe, und die Briefe werden ziemlich lange brauchen, um Dich zu erreichen, mach Dir also keine Sorgen, ich bin kreuzfidel, aber den Gedanken, daß Du noch immer, Jahr für Jahr, in diesem elenden Keller lebst, finde ich unerträglich. Es wird höchste Zeit, daß Jim sich einen Job sucht und seinen Beitrag leistet. Bitte, verwende diesen Scheck, um eine bessere Unterkunft zu finden. Ich hätte Dir gern einen größeren Scheck geschickt, aber ich muß für meine Reise, und um Fuß zu fassen, genügend für mich selbst behalten, obwohl ich dort, wohin ich gehe, rasch Fuß fassen werde. Sobald ich eine Bleibe gefunden habe, teile ich Dir meine Postfachnummer mit, und ich schwöre, ich werde Dir bald einen weiteren, viel höheren Scheck senden, der wird reichen, damit Du zu mir kommen kannst. Du fehlst mir, und ich brauche Dich, Liza, all diese Jahre ohne Dich sind schrecklich gewesen, und ich kann nachts manchmal nicht schlafen, weil ich mir solche Sorgen um Dich mache. Deinen Briefen kann ich nicht viel entnehmen. Du hast nie zu den Menschen gehört, die klagen, selbst damals nicht, als dieser Teufel Dir weh getan hatte. Bitte, glaub mir, jetzt wird es nicht mehr lang dauern, bis wir zusammen sind. Was Jim betrifft, kann er natürlich, wenn er will, mit Dir kommen. Ich möchte nicht gern, daß Du allein reist. Sag ihm, ich kann die Glocken der Maultiere näher kommen hören – er weiß schon, was ich damit meine. Dein Captain. P. S. Ich beginne mein Haar zu verlieren. Bald werde ich völlig epidermal sein – so geht es mir immer, wenn ich ohne Dich bin." Das Wort „Liebe", stellte ich fest, kam noch immer nicht vor, und was, zum Teufel, bedeutete „epidermal"? Ich schlug es auf meinem Zimmer später in einem Lexikon nach und fand eine Erklärung für „Haut". Im Gegensatz zu den anderen komplizierten Wörtern, die er so gern gebrauchte, ergab dies wenigstens mal einen gewissen Sinn.

Liza hatte mir den Brief damals nicht gezeigt, aber ich konnte mich trotz der langen Jahre, die seither vergangen waren, noch an die feuchten Augen an dem Tage erinnern, als sie den Scheck erhalten hatte und in einer Art Verzweiflung zu mir sagte: „Er schreibt solchen Quatsch. Ich kann mit dem Blödsinn nichts anfangen."

„Du siehst unglücklich aus", sagte ich zu ihr. „Schlechte Nachrichten?"

„Ach, das kommt vom Zwiebelschneiden. Was meint er bloß damit, daß ‚die Glocken der Maultiere näher kommen'?"

„Es wird in Spanien eben Maultiere geben."

„Aber er hält sich gar nicht mehr in Spanien auf und teilt uns nicht einmal mit, wohin er geht. Und epidermal?" fügte sie hinzu. „Was bedeutet epidermal? Ich kann seine hohen Begriffe nie verstehen. Aber es war schon immer seine Art. Er ist ein gebildeter Mensch."

Sie löste den Scheck jedenfalls ein und gab einen Teil des Geldes mir; ihr Kellergeschoß aber wollte sie nicht verlassen. „Ich will auf seine Kosten nicht piekfein wohnen", sagte sie einmal. „Ich werde von dem Geld soviel wie möglich aufbewahren, bis er vor der Tür steht und klingelt."

Die neue Postfachadresse hat sie meines Wissens nie erhalten, konnte ihm also nicht antworten, und nach einem Jahr des Wartens begann sie, von ihm zu sprechen wie von jemand, der gestorben war. „Wenn er im Gefängnis wäre", sagte sie zu mir, „hätte er es irgendwie geschafft, mir zu schreiben."

Ich nahm die Briefe und mein eigenes unvollendetes Gekritzel in die Zweizimmerwohnung mit, die ich mit dem Anteil von Lizas Scheck gegen mein Wohn-Schlafzimmer in Soho eingetauscht hatte, und las in den Wochen darauf die Briefe noch einmal durch. Mir war, als betrachtete ich die sterbende Frau, die meine Ersatzmutter gewesen war, durch die Augen eines andern, und während ich sie durch die Zeilen hindurch vor mir zu sehen schien, wuchs das Rätselhafte. Was hatte diese beiden Menschen so eng zusammengebracht und dennoch auf so merkwürdige Weise voneinander ferngehalten? Seit meinem Auszug von „zu Hause“ hatte ich mich im Leben zweimal in einem Zustand befunden, den ich Liebe nannte, beide Male war das Verhältnis (zumindest aus meiner Sicht) recht glücklich ausgegangen, und mit wachsendem Selstvertrauen freute ich mich auf ein drittes Mädchen, dem ich noch nicht begegnet war. Mit beiden Mädchen hatte es während kurzer Trennungen eine Korrespondenz gegeben, die man vermutlich als Liebesbriefe bezeichnen könnte. (Ich hatte die Briefe der Mädchen aufbewahrt, als Beweis für meine Erfolge, und stellte mir vor, die Mädchen hätten die meinen mit dem gleichen Stolz aufgehoben.) In jedem dieser Briefe war das Wort „Liebe“ bestimmt keine Mangelware gewesen, und Hinweise auf gemeinsam erlebte Freuden gab es in Hülle und Fülle; als ich jedoch die Briefe des Captain las, betrat ich eine fremde Welt mit einer mir völlig fremden Sprache, und selbst wenn ein Wort identisch mit einem Wort meiner eigenen Sprache war, schien es mir eine gänzlich andere Bedeutung zu haben.

„Vergangene Nacht habe ich einen seltsamen Traum von Dir geträumt, Liza. Du warst reich geworden und hattest Dir einen Wagen gekauft, und das Schlimmste von allem war, Du warst eine sehr schlechte Fahrerin, und ich war sicher, Du würdest einen schrecklichen Unfall haben und wieder im Krankenhaus liegen, und ich wüßte nicht, wo. Ich erwachte und fühlte, wie weit entfernt Du von mir bist, deshalb schreibe ich diesen Brief, denn es gibt keine weiteren guten oder schlechten Nachrichten außer diesem Traum eines Äquilibristen, aber gib bitte die Hoffnung nicht auf."

Dieser Brief war älter als der Brief mit der spanischen Briefmarke. Ich schlug „Äquilibrist" im Lexikon nach. Er wird es vermutlich mit irgendeinem anderen Wort in Verbindung gebracht haben, die eigentliche Bedeutung von „Seiltänzer" ergab nämlich partout keinen Sinn. Der Captain war nicht so gebildet, wie Liza glaubte.

Ein anderer Brief fing so an: „Bitte, bitte, mach Dir, was Du doch vermutlich tun wirst, über die Höhe jenes Schecks keine Gedanken. Ich werde eines Tages ein Vermögen machen und es mit Dir teilen. Nur wäre es vielleicht sicherer für Dich – denn ich möchte nicht, daß Du wieder von Leuten belästigt wirst, die Dir Fragen stellen -, wenn ich künftig Schecks auf ‚Überbringer' ausstelle. Ich würde an Deiner Stelle kein Konto eröffnen – es ist immer besser, Geld bar zu besitzen, und Deine ärmliche Kellerwohnung wird schon niemand ausrauben. Die Schecks werden vorläufig mit ‚Carver' unterschrieben sein. Ich habe den Namen Cardigan – zu ehrenvoll – nie gemocht, und Victor bin ich auch leid geworden. Auch Jim mag diesen Namen nicht, und er hat recht. Aber Du mußt Dir keine Sorgen machen, hier ist alles in Butter, außer daß ich Dich vermisse. Das hier ist ein langweiliger Geschäftsbrief, aber über die anderen Dinge, von denen ich heute nicht schreiben will, weißt du ja Bescheid. Du bist mein Leben, Liza, vergiß das nicht. Ein Mann muß ein Ziel haben, für das er lebt, und Du bist mein Ziel. Dein Captain. P. S. Um so mehr wünschte ich, Du würdest aus der Kellerwohnung ausziehen und Deine Adresse dem Teufel vorenthalten, sie nur der Post zum Nachsenden geben. Beantworte diesen Brief nicht, bevor ich Dir die Postfachadresse von Carver mitteile, es könnte nämlich sein, daß ich wieder durch die Gegend ziehe."

Es muß der letzte Brief gewesen sein, den Liza erhalten hat, bevor sie ins Krankenhaus eingeliefert wurde. Der Poststempel war nicht zu entziffern. Die Briefmarke stammte aus Kolumbien.

Ich zog auf gut Glück einen weiteren Brief heraus. Ich hatte das Gefühl, ich sei – aus einem Grund, der nur mir selbst etwas bedeutete – auf der Suche nach Wissen, und ich erinnerte mich an das, was mein Vater über die Lügen des Captain bemerkt hatte. Aber welche Vorteile, so fragte ich mich, hatte der Captain davon, daß er Liza belog, da er doch so weit weg war? Wenn ich mit einem Mädchen zusammenlebte, habe ich es nur allzu oft notwendig gefunden zu lügen – um die Verbindung ein wenig länger aufrechtzuerhalten. Aber welch eine Verbindung konnte intakt bleiben, wenn zweitausend Meilen zwischen zwei Menschen lagen? Warum mit einer solchen Komödie weitermachen? Oder spielte der Captain sich selbst diese Komödie vor, um der eigenen Einsamkeit zu entrinnen? Möglicherweise konnte mir der nächste Brief, den ich zur Lektüre herausgenommen hatte, ein Brief mit früherem Datum, den Ansatz zu einer Erklärung geben.

„Du bist der einzige Mensch, außer mir selbst, dem ich anscheinend habe helfen können. Ich scheine so vielen Menschen nur Schaden zugefügt zu haben. Ich bekomme Angst, wenn ich daran denke, daß ich auch Dir eines Tages Schaden zufügen könnte, so wie ich anderen Schaden zugefügt habe. Lieber würde ich sterben als das zulassen – aber mein Tod würde Dir noch mehr schaden, als es mein Leben getan hat. Liebe Liza, ich kann auf einem Stück Papier leichter sprechen als mit der Zunge. Vielleicht sollte ich in einem Zimmer neben Dir leben und Dir nur Briefchen schreiben?"

Warum, fragte ich mich, empfand der Captain nur immer das Bedürfnis, von der Frau fort zu sein, die er liebte? Sorgte er sich wirklich um den Schaden, den er ihr zufügen könnte?

„Manchmal, wenn Du mit mir sprechen wolltest, würde sich der Türknauf drehen, und Du würdest eintreten – und sei's nur, um mir eine Tasse Tee zu bringen. Wie würde ich den Türknauf im Auge behalten, um zu sehen, wenn er sich dreht, obgleich Tee mir nicht gut bekommt. Ich trinke inzwischen nur Whisky. Whisky ist besser für den Magen, und Tee erscheint mir zu äquilibristisch, weil er mich an Dich erinnert." Wieder dieses Wort.

Wie immer gab es ein P. S., als zögere er, das Papier zu falten und in einen Umschlag zu stecken. „Hab keine Angst, Liza. Ich mache nur Spaß. Nur einen Whisky abends um sechs. Ich werde doch kein Säufer. Es wäre gar nicht möglich. Für die Art von Arbeit, die ich jetzt mache, muß ich einen absolut klaren Kopf behalten."

Welche Arbeit? fragte ich mich. „Fragte ich mich" schien mir nur allzu oft in den Sinn zu kommen.

2

Für mich waren das die seltsamsten Liebesbriefe, falls es sich wirklich um Liebesbriefe handelte und nicht nur um den Ausdruck einer zutiefst sentimentalen Freundschaft. Sie weckten meine Neugier. Ich hatte die eine Seite eines Lebens zu zweit kennengelernt und wollte die andere Seite kennen. Welche Antwort hatte am anderen Ende der Welt der Captain erhalten? Vielleicht trieb mich mein alter, immer latent vorhandener Ehrgeiz, „ein echter Schriftsteller" zu werden, und die Neugier eines Möchtegern-Schriftstellers, als nächstes meinen Vater, diesen Familien-Teufel, aufzusuchen und mit ihm zu sprechen. Ich möchte diesen Bericht weiterführen und zu einer besseren Schlußfolgerung gelangen als „ich frage mich, ob vielleicht ..."

Ich hatte einen durchaus guten Vorwand – es war schließlich nur korrekt, ihn über den ernsten Zustand Lizas zu informieren. Anderseits hätte ich es nie für notwendig befunden, meinem Vater im Falle ihres Todes mehr als die bloße Tatsache ihrer Beisetzung mitzuteilen – falls man jene halbe Stunde als Beisetzung bezeichnen dürfte, die ich eventuell neben zwei Ladenbesitzern und einem der Mieter, dem sie gelegentlich ein bißchen saubergemacht hatte, zu verbringen haben würde.

Also schrieb ich meinem Vater, erwähnte aber nichts von Lizas Zustand, weil ich sonst meinen einzigen Vorwand für ein Treffen verloren hätte. Ich machte lediglich den Vorschlag, daß wir uns beim nächsten Besuch des Teufels in London treffen sollten. Ich hatte selbstverständlich noch einen anderen Grund. Mir ging das Geld aus. Wenn Liza stürbe, hatte ich keinerlei Anspruch auf ihr „Vermögen" (ich verwendete das Wort selbst ironisch), auf das unbekannte Konto, auf das sie vielleicht entgegen der Mahnung des Captain mehr als einen der Schecks eingereicht hatte, die auf „Überbringer" ausgestellt worden waren. Wäre sie seinen Anweisungen gefolgt, so hätten in der Schlafzimmerschublade bestimmt nicht nur die paar Pfund gelegen, die ich gefunden hatte, und doch konnte ich nirgends auch nur die Spur von einem Scheckheft finden – sie hätte es allerdings bei sich haben können, als sie ins Krankenhaus eingeliefert worden war.

Bevor Antwort von meinem Vater kam, ging ich noch einmal zur Kellerwohnung und fand dort einen weiteren Brief, der unter der Tür hineingeschoben worden war und eine Briefmarke von Panama trug.

Der Captain schrieb: „Ich lege einen weiteren Scheck von Carver an Überbringer bei. Diesmal über fünfzehnhundert Pfund. Es ist nicht so viel, wie ich eigentlich schicken wollte, aber es reicht, damit Du Deinen Koffer packen und zu mir nach Panama City fliegen kannst. Es gibt zweimal wöchentlich einen Flug von London, aber du müßtest in New York umsteigen, und mir gefällt der Gedanke gar nicht, daß Du, und schon gar allein, über New York kommst. Ich habe meine Gründe. Du nimmst besser eine Maschine nach Amsterdam und fliegst von dort direkt hierher. Es ist eine lange Reise, also nimm Erster Klasse und trink ein Glas Champagner oder auch zwei, damit Du schlafen kannst. Telegraphiere Carver, Apt. 361, Panama City, Datum und Ankunftszeit, und der alte Herr wird die Landung Deines Flugzeugs ungeduldig erwarten. Mach Dir um Jim keine Sorgen. Es tut ihm gut, eine Zeitlang auf eigenen Füßen zu stehen, und es wird nicht lange dauern, bis er nachkommt. Wir werden gemeinsam dafür sorgen. Ich habe einen Job, und ich glaube, in ein paar Wochen kann ich hier alles für ihn vorbereiten. Sag ihm, die Maultiere sind schwer beladen und schon ganz nah, aber ich kann es nicht abwarten, daß Du zu mir kommst. Ich bin bald ein reicher Mann, Liza, das schwöre ich, und alles, was ich besitze, wird Dir und ihm gehören. Ich bin ganz aufgeregt über Dein Kommen, ich kann gar nicht mehr schlafen. Komm schnell und mach Carver glamourös." Ich glaube, er wählte die Wörter um des Klangs willen, und diesmal, so stellte sich beim Nachschlagen heraus, hatte er den Sinn beinahe erfaßt.

Ich nahm den Brief und den Scheck mit auf den Weg zum Teufel, der für unser Zusammentreffen den Reform Club vorgeschlagen hatte. Er war in den Jahren, seit er zusammen mit meiner unerträglichen Tante bei uns eingedrungen war, sichtlich gealtert.

Er begrüßte mich an der Bar gleich mit einem Vorwurf: „Warum hast du mich nicht wissen lassen, daß Liza im Krankenhaus liegt?" Ich gab mit gleicher Schärfe zurück: „Ich habe ja nicht ahnen können, daß es dich interessieren würde. Wie hast du es erfahren?"

„Diese Tante von dir – die hat immer alles gewußt. Vielleicht hat ihr's einer der Mieter erzählt. Du traust dem Teufel wohl keinerlei menschliche Gefühle zu."

„Sollte ich?"

„Ach, vergiß es. Bestell dir einen Drink. Ich nehme doch an, du trinkst Alkohol. Du *bist* schließlich mein Sohn."

Ich war nur Bier gewöhnt, das einzige, was ich mir leisten konnte, aber mein Gedächtnis schaltete plötzlich zurück zu meiner ersten Begegnung mit dem Captain, und ich sagte: „Einen Gin Tonic."

„Für mich einen doppelten Wodka", sagte mein Vater zum Barkeeper und fügte über die Schulter gewandt hinzu: „Wenn du mein Alter erreichst, wirst du begreifen, daß man guten Alkohol nicht mit Brause verdünnen sollte."

„Ich bin nicht hergekommen, um trinken zu lernen."

„Weshalb bist du eigentlich gekommen? Brauchst du Geld?“

„Nein. Ich komme zurecht. Gerade so.“

„Und unser Freund – du weißt schon, wen ich meine –, wie nennt er sich jetzt? Ist er wegen Liza sehr beunruhigt?“

„Zur Zeit nennt er sich Carver, und von Liza weiß er noch nichts. Er befindet sich irgendwo in Panama.“

„Panama? Diesmal hat er sich aber wirklich außer Reichweite begeben. Was hat er verbrochen, um *so* weit weg zu müssen?“

„Er scheint ganz gut durchzukommen. Ich habe hier einen Brief; der ist eingetroffen, nachdem Liza ins Krankenhaus mußte. Mit einem Scheck. Sie soll zu ihm fliegen – ich kann später nachkommen.“

Ich reichte dem Teufel den Umschlag.

Mein Vater sagte: „Diese kleinen Länder haben immer so hübsche Briefmarken. Viel mehr haben sie allerdings auch nicht anzubieten.“ Er fügte noch hinzu: „Der Brief wurde nicht abgestempelt. Den hat ein Bote überbracht.“

Er führte mich zu einer Couch, setzte sich und las den Brief. Er fragte: „Hast du an Carver, Apt. 361 telegraphiert?“

„Noch nicht. Ich habe überlegt, was ich mit dem Scheck machen soll, wenn Liza stirbt. Soll ich ihn zerreißen?“

„Geld sollte man nie zerreißen“, sagte mein Vater. „Geld ist immer gut. Geld hat keine Moral. Schick ihm lieber kein Telegramm wegen Liza. Er könnte den Scheck sperren lassen.“

Er schien mir für den Scheck, den er genauestens prüfte, größeres Interesse aufzubringen als für den Brief.

Er dachte laut weiter: „Ausgestellt auf Überbringer? Das sieht man heutzutage nicht oft. Warum hat er nicht ihren Namen eingesetzt? Er befürchtet vielleicht, das Finanzamt sei hinter ihr her. Oder er hat es nur aus Geheimniskrämerei getan. Er tut gern geheimnisvoll."

Es schien ihm Freude zu bereiten, den Scheck in der Hand zu fühlen „Bank of London and Montreal. Anschrift in Panama. Ich hoffe um deinetwillen, daß die Londoner Filiale ihn von dir annimmt."

„Er ist für Liza bestimmt, nicht für mich."

„Der Mann schuldet mir fünfzig Pfund. Wenn du den Scheck einlöst, könntest du sie mir zurückzahlen. Nur fünfzig – von fünfzehnhundert."

Der Gedanke amüsierte ihn offensichtlich.

„Wäre das nicht Betrug?"

„Und wie ist *er* deiner Meinung nach zu dem Geld gekommen? Durch Arbeit? Ich bezweifle, daß der Captain – so nennt ihr beiden ihn doch immer, oder? –, ich bezweifle, daß er auch nur einmal im Leben auf ehrliche Weise Geld verdient hat. Komm, gehen wir mittagessen. Beim Essen können wir diesen interessanten moralischen Gesichtspunkt ausgiebig diskutieren."

Es war das zweite Mal, daß ich zu Beginn einer Mahlzeit Räucherlachs essen sollte. Der Geschmack brachte mir den Captain sympathisch nahe.

Mein Vater war schweigsam. (Vielleicht brachte die moralische Frage ihn ins Grübeln.) Um ein Gespräch anzufangen, erkundigte ich mich also nach der Gesundheit meiner Tante.

„Es könnte ihr kaum schlechter gehen", sagte mein Vater. In der respektablen Umgebung des Reform Clubs hielt ich es für ein Zeichen guten Benehmens zu lügen. „Das tut mir leid", sagte ich.

„Um die Wahrheit zu sagen", fuhr mein Vater mit sichtlichem Wohlbehagen fort, „sie ist vorgestern gestorben. Kurz nachdem sie mich wegen Lizas Krankenhausaufenthalt angerufen hatte. Sie war bis zur letzten Minute ein Biest. Sie hat dir nichts hinterlassen – mir übrigens auch nicht. Ihr Besitz geht an ein Asyl für streunende Hunde."

„Ich habe von ihr nichts erwartet. Schließlich ..."

„Sie war viel schlimmer als ihre Schwester – deine Mutter, meine ich -, und das will etwas heißen. Du hast es mir zu verdanken, daß sie dir in all den Jahren nicht die Polizei auf den Hals gehetzt hat, sondern nur einen Privatdetektiv. Ich hab' ihr gedroht, ich würde jeden Prozeß, den sie anstrengte, bis zur letzten Instanz durchfechten. Das gesetzliche Sorgerecht lag ja bei mir. Also konnte sie lediglich versuchen, mit Hilfe ihres Detektivs Lizas Unfähigkeit zu beweisen. Das ist ihr zu deinem Glück nicht gelungen."

„Und du hast mich beim Schach – oder war es Backgammon – verloren?"

„Ich wußte, daß du bei deiner Tante nicht glücklich warst. Und das Geld war für mich damals ein ziemliches Problem, ich hatte das Schulgeld voll zu bezahlen, und es gab noch andere Gründe. Liza ist ein braves Mädchen, und sie wollte gern ein Kind haben. Ich bestimmt nicht. Ich hatte mit einem mehr als genug. Der Arzt war teuer und hat seine Arbeit schlecht gemacht. Was den Captain betrifft – er ist auf seine Art gar kein übler Kerl. Ein kleiner Lügner, klar, ein kleiner Betrüger. Sobald es um Geld geht, kann man ihm nicht trauen, aber wem darf man schon vertrauen, wenn's um Geld geht? Ich habe mein Bestes für euch beide getan, indem ich dich bei Liza ließ, und du kannst ja wohl nicht behaupten, es sei dir am Ende schlecht bekommen – nicht, wenn der Scheck gedeckt ist. Er wird dir mehr vermachen, als du wahrscheinlich je von mir hättest erwarten können. Wenn du dir nicht in die Karten blicken läßt."

„Hat er uns nur Lügen erzählt?"

„Ich weiß ja nicht, was er euch erzählt hat. Sein Repertoire war immer ziemlich umfangreich."

„Wie er den Deutschen entkommen ist . . ."

„Nun, ich nehme schon an, daß er ihnen entflohen ist, falls sie ihn gefangengenommen hatten, und ich glaube, sie nahmen ihn gefangen."

„Er verwendet komische Wörter. Wenn ich nachschlage, ergeben sie keinen Sinn."

„Er hat mir einmal erzählt, daß ihm in der Gefangenschaft nur ein einziges Buch zur Verfügung stand – die eine Hälfte eines englischen Wörterbuchs. Die andere Hälfte war als Klopapier benutzt worden. Na ja, mit einem ‚glamouröus' scheint er mit dem Lesen bis zum G gekommen zu sein."

„Ja, und ein paar Wörter begannen mit A. Bei einer Gelegenheit hat er ein Wort verwendet, ich habe es vergessen, es bedeutete aber soviel wie ‚Seiltänzer'."

„Irgendwelche Wörter mit H?"

„Ein Wort mit H hat's gegeben, glaube ich."

„Dann hatte er vermutlich die Hälfte des Wörterbuchs, die vor dem ‚J' aufhörte."

„Wie ist ihm die Flucht gelungen?"

Ich hoffte, wenigstens die Geschichte von den Pyrenäen noch einmal zu hören.

„Er ist nie auf Details eingegangen. Details sind gefährlich, wenn man lügt. Aber er hatte anscheinend eine unglaublich schnelle Reaktionsfähigkeit. Der verdanken wir eigentlich unsere Bekanntschaft."

Der Ober räumte die Teller ab. Die Aufmerksamkeit meines Vaters wurde ein Weilchen ganz von der Speisekarte beansprucht. Er sagte: „Kaltes Roastbeef ist immer empfehlenswert, wenn du es auch so blutig magst wie ich. Und auf den offenen Wein kann man sich hier verlassen.“ Falls er mit Geld mal Probleme gehabt hatte, so hatte er solche Probleme offenbar zufriedenstellend gelöst.

„Wie habt ihr euch denn kennengelernt?“ wollte ich wissen. Mich interessierte dabei der Captain und nicht mein Vater.

„Es war nach dem Tod deiner Mutter. Ich kann nicht behaupten, daß sie mir fehlte – wir waren seit Jahren nicht miteinander ausgekommen, im Grunde begann es mit deiner Geburt, die, verzeih, wenn ich das ausspreche, einem psychologischen Irrtum zuzuschreiben war – ein wenig allerdings auch einer Unvorsichtigkeit meinerseits. Anschließend habe ich mich, na, sagen wir mal, ein wenig umgesehen und dann mit Liza zusammengelebt – das heißt, ein Leben war das eigentlich kaum. Mehr eine Art Zeitvertreib. Sie war ein nettes Mädchen. Sie kapierte, es war nichts für die Dauer. Vorwürfe konnten wirklich nur dem Arzt gemacht werden, aber deine Tante machte mich natürlich verantwortlich für das, was geschehen war, und Liza hatte völlig die Fassung verloren. Ich ahnte nicht, wie sehr sie das verdammte Kind wollte – bis sie es verloren hatte.“

„Ich habe dich nach dem Captain gefragt, nicht nach Liza.“

„Hast du auch. Hast du. Wie nennt er sich jetzt?“

„Es stand doch in dem Brief. Carver.“

„Wir sollten es bei Captain belassen. Kann man sich leichter merken. Du willst wissen, wie ich ihn kennengelernt habe. Ich bringe die Dinge leicht durcheinander. Das kommt vom Mittagessen; wenn du in mein Alter kommst, wirst du's auch spüren. Die Gedanken wandern, so ist es mir nach einem guten Abendessen auch bei der Schachpartie mit dem Captain ergangen. Warum behauptet er eigentlich, es sei Backgammon gewesen? Manchmal glaube ich, er lügt nur, um zu lügen, oder er will möglicherweise alles geheimhalten."

„Vor wem?"

„Oh, ich meine nicht unbedingt vor der Polizei. Vielleicht vor sich selbst? Wovon haben wir eben gesprochen?"

„Du wolltest mir erzählen, wie ihr euch das erste Mal begegnet seid."

„Ach ja. Um genau zu sein, es war in der U-Bahn, zwischen Leicester Square und Covent Garden. Eigentlich passend, könnte man meinen, daß ich ihn ausgerechnet in der U-Bahn traf. Es war spät, gegen Mitternacht, und kaum noch wer unterwegs, um genau zu sein, nur ich selbst – ich war zum Aussteigen aufgestanden –, ein Mann, der Zeitung las, und ein Junge. Wirklich, es war nur ein Junge, er kann höchstens sechzehn gewesen sein, und der Junge kam auf mich zu und sagte: ‚Geld oder Leben'. (Das hatte er bestimmt im Fernsehen gesehen oder in irgendeiner Jugendzeitschrift gelesen.) Ich drehte mich lachend um, und da klirrte es auf dem Boden, und da lag ein Messer, und eine Stimme sagte: ‚Hau ab, du kleiner Scheißkerl', und, siehst du, das war der Captain. Wie gesagt, schnell in seinen Reaktionen. Er erklärte mir: ‚Jungen sind besonders gefährlich. Sie handeln unüberlegt.' Ich habe mich selbstverständlich bedankt, und am nächsten Tag trafen wir uns auf einen Drink in der Nähe des Geschehens im *Salisbury*, in der

St. Martin's Lane, und dort hat er mir erzählt, er sei nach Norden gekommen, weil er einen Job gefunden habe, ganz in meiner Nähe, da habe ich ihm natürlich angeboten, er könne die eine Nacht bei mir schlafen. Er blieb dann aber fast eine Woche bei mir und schien es gar nicht eilig zu haben, seinen Job anzutreten, falls er da überhaupt einen Job hatte. Auf die Weise hat er Liza kennengelernt. Sie war im vierten Monat, und ich habe nie verstanden, warum er sich für sie zu interessieren begann. Von ihrer Schönheit war damals nicht mehr viel zu sehen. Nun, die weitere Geschichte ist dir ja bekannt."

„Ich weiß nur sehr wenig."

„Nach der Abtreibung hat sie sich mit ihm davongemacht. Sie wird ihm gleich geschrieben haben, als sie wieder auf den Beinen war. Ich muß zugeben, ich war im Grunde erleichtert – sie war nämlich in ziemlich mieser Verfassung, als sie aus dem Krankenhaus entlassen wurde."

„Ihr wart ein Liebespaar. Das muß doch ein Schock für dich gewesen sein?"

„Ein Liebespaar ist nicht ganz der richtige Ausdruck – Bettgenossen. Einen Ausdruck wie Liebespaar solltest du den Klatschspalten überlassen. Mit der Schwangerschaft hatte sie mich zu betrügen versucht. Vielleicht spukte ihr eine Heirat im Kopf herum, von dem Unsinn wollte ich aber nichts wissen. Ich habe ihr mitgeteilt, die Abtreibung würde ich ihr finanzieren, ich sei allerdings keineswegs bereit, für das Kind aufzukommen. Ein Kind hat mir gerade gereicht – nämlich du. Lizas Abtreibung hat mich damals, als Abtreibungen eigentlich nicht legal waren, eine Stange Geld gekostet, und es war nicht meine Schuld, daß die Sache dann schief ging und sie nie mehr ein Kind kriegen konnte. Ich nehme an, sie war ein bißchen verzweifelt, als sie das erfuhr, und hat sich dann an den Captain erinnert. Er war sehr überzeugend, sehr freundlich zu ihr gewesen. Er kann ganz schön überzeugend wirken. Besonders, wenn er lügt."

„Warst du nicht eifersüchtig?"

„Eifersüchtig? Wegen der armen Liza? Nie im Leben. Zeig mir nochmals den Brief."

Er las ihn sorgfältiger als beim erstenmal. „Was, zum Teufel, meint er mit den Maultieren? Für die Landwirtschaft ist er nicht der Typ."

„Ich glaube ... Natürlich bin ich mir nicht sicher ... Als Kind hat er mir öfters von Drake erzählt – davon, wie Drake die Maultierkarawanen überfiel, die Gold quer durch Panama transportierten."

„Panama ... Goldkarawanen ... Du glaubst doch nicht wirklich ...?"

„Oh, ich nehme nicht an, daß es dort noch Goldkarawanen gibt. Es ist nur so eine Redensart ... Na ja ..."

„Na ja, was?"

„Ich glaube, er glaubt ..." mir schien ein „glaube" fast unmittelbar ein anderes „glaube" nach sich zu ziehen. Das Wörtchen „glauben" und diese andere Wendung, „ich frage mich", vermehrten sich wie die Kaninchen. Mein Vater fragte: „*Was* glaubst du?"

„Ich glaube, er hofft, bald an viel Geld zu kommen."

„Ich bezweifle, daß der Captain je zu Reichtümern kommt. Um aber auf den Scheck zurückzukommen ..."

„Du glaubst" - schon wieder dies „glauben" -, „daß ich den Scheck einlösen sollte? Wenn sie tot ist?"

„Ich würde nicht so lange warten. Du kannst auf das Geld besser aufpassen als die arme Liza. Aber nimm dich in acht. Er gehört zu den Männern, die gefährlich werden können. Ich weiß nicht, warum ich das sage. Vielleicht aus Instinkt. Und die Art, mit der er mit dem Jungen in der Untergrundbahn umgegangen ist. Untergrund! Er ist ein Untergrund-Typ."

„Aber wenn ..."

„Du hast lange genug beim Captain gelebt. Meinst du, *er* würde zögern, einen fetten Scheck einzulösen, der gesperrt sein könnte, wenn man zu lange wartet?"

Ich dachte über diesen Aspekt gründlich nach und kam zu dem Ergebnis, daß der Teufel, aus seiner Sicht, recht hatte.

Beim Verlassen des Clubs fragte ich ihn: „Wirst du Liza besuchen?"

„Nein", sagte er. „Es würde mir nichts bringen, und ihr bestimmt noch weniger."

3

Das Geld für den Scheck bekam ich nach einigen Schwierigkeiten. (Die Leute auf der Bank mußten wohl mit Panama telefonieren, und die sieben Stunden Zeitdifferenz haben die Sache bestimmt nicht erleichtert.) Ich hatte ein gewisses Schuldgefühl, das sich aber rasch in Nichts auflöste, nachdem ich meinem Vater seine fünfzig Pfund ausbezahlt hatte. In dem Gefühl neuen Reichtums spendierte ich mir in einem Restaurant in Soho, das ich mir normalerweise nicht hätte leisten können, sogar Räucherlachs und einen trockenen Bordeaux, genoß aber die einsame Mahlzeit, wie ich feststellen mußte, alles in allem nicht im erhofften Maße. Mit dem Geld hatte das nichts zu tun; ich glaube, es gab einen anderen Grund – mir wurde bewußt, daß ich dem Captain nicht einmal geschrieben hatte, daß Liza krank war und wahrscheinlich sterben müßte.

Nach meinem kleinen Festmahl traf bald ein weiterer Brief ein, mit dem Vermerk *Eilbrief.* Ich wollte mich eben zum Frühstück mit Toast und Tee setzen, als er zugestellt wurde, und ich aß und trank nichts, bis ich ihn zweimal gelesen hatte.

„Meine liebste Liza, so wie die Dinge liegen, solltest Du vielleicht doch nicht kommen. Es gibt Schwierigkeiten – Ärger –, und ich möchte nicht, daß Du Dich in irgendeiner Weise hier nicht wohl fühlst. Ich hoffe, du hast den Scheck eingelöst, den ich geschickt habe, wegen dieser Schwierigkeiten kann ich Dir nämlich vorläufig nichts mehr schicken. Ich werde Dir, so bald wie möglich, wieder schreiben, ich schwöre Dir, es wird nicht lange dauern. Auch Jim soll sich keine Sorgen machen. Sag ihm, die Maultiere sind auf dem richtigen Wege, nur gibt es auf der Straße ein paar Kaninchenlöcher. Unerwartete, manchmal tiefe Kaninchenlöcher. Ich wünschte mir wirklich, keinen so geschäftlichen Brief schreiben zu müssen. Wenn ich Dir doch einfach nur schreiben könnte, wie sehr Du mir fehlst! Du fehlst mir jede Stunde, jeden Tag. Aber jetzt wird es nicht mehr lange dauern, Liza, es dauert bestimmt nicht mehr lange. Dein Captain." Es folgte das unvermeidliche Postskriptum: „Denk an mich, bevor Du zu Bett gehst." Er hatte zuerst geschrieben: „wenn Du zu Bett gehst" und dann, aus irgendeinem rätselhaften Grund, das „wenn" in „bevor" geändert. Vielleicht wollte er einen sexuellen Beiklang vermeiden. „Wir sind doch zusammen nicht oft unglücklich gewesen, nicht wahr?" Das kam mir für einen Liebhaber bescheiden vor. Falls er wirklich ihr

Liebhaber war. Vielleicht waren solche Beteuerungen ja auch nur die bequemen Lügen eines Mannes, der eine Frau nur beruhigen und auf Abstand halten will.

Ich holte aus einem Ordner auf meinem Schreibtisch den Rohentwurf eines alten Liebesbriefes; der Brief war an ein Mädchen namens Clara gerichtet, das ich zu lieben geglaubt hatte. Ich fragte mich – schon wieder „fragte" –, ob der Captain nicht vielleicht auch die Angewohnheit hatte, seine Briefe erst einmal im groben zu entwerfen, und ob er nicht vielleicht die falsche Fassung abgeschickt hatte; denn sein Brief las sich eher wie eine erste Fassung, die nicht für fremde Augen gedacht war. Es war schließlich nichts dabei, zunächst einen Rohentwurf anzufertigen. Ich schrieb meine Zeitungsartikel immer erst im Entwurf. Bei Liebesbriefen wie Zeitungsartikeln gab ich mir jedesmal große Mühe, die höchstmögliche Wirkung auf den Leser zu erzielen. Sogar Dichter, sagte ich mir, arbeiten mit Rohentwürfen, und kein Kritiker würde sie deshalb wegen mangelnder Ehrlichkeit angreifen. Dichter pflegten ihre Entwürfe oft aufzuheben; nach ihrem Tod wurden sie manchmal veröffentlicht. Der endgültigen Fassung nach zu urteilen, falls ich wirklich die endgültige Fassung vor mir liegen hatte, müssen die Entwürfe des Captain sehr roh gewesen sein, dachte ich, und es kam mir wenig wahrscheinlich vor, daß sie einen Verleger finden würden.

Ich las meinen eigenen Brief mit einer gewissen Nostalgie. Er begann: „Immer, wenn ich ins Bett gehe" – ich war ganz überrascht, wie nah dieser Satz an den Brief des Captain herankam –, „strecke ich meine Hand aus, um mir vorzustellen, daß ich Dich berühre, wo Du es am liebsten hast . . ."

Nun, so überlegte ich, mit Dichtkunst hatte mein Brief

gewiß nichts zu tun; er sollte, so rüde es auch klingen mag, mich sinnlich erregen, und Clara auch. Auf meine Weise hatte ich so aufrichtig geschrieben wie der Captain, vielleicht sogar noch aufrichtiger. Ich hatte geschrieben, um Clara wie mich zu erfreuen; zum Teufel mit dem guten Geschmack.

Aber warum, so fragte ich mich, ärgerte ich mich dermaßen über den Captain? Und beim Vergleichen der beiden Briefe empfand ich dann ein Gefühl der Scham. Lag es daran, daß ich die Hand nicht mehr ausstrecken wollte, um Clara zu berühren, wenn ich ins Bett ging, und mir nicht einmal mehr die Mühe machte, ihr zu schreiben? Ein paar Wochen, nachdem ich diesen Brief geschrieben hatte, verließ ich sie – genauer: wir verließen uns gegenseitig. Nach meiner persönlichen Erfahrung war Liebe so etwas wie ein Grippeanfall, und genauso rasch erholte man sich davon auch wieder. Jede Liebesaffäre war wie eine Impfung. Sie half einem, leichter über den nächsten Anfall hinwegzukommen.

Ich las den Brief des Captain ein drittes Mal. „Du fehlst mir zu jeder Stunde, jeden Tag." Der Satz konnte einfach nicht wahr sein. Warum schrieb der Captain immer wieder solche sentimentalen Lügen, die ihm überhaupt nichts bringen konnten – er war weit weg in Panama und sie in einer Kellerwohnung in Camden Town. Und er hatte solche enttäuschenden Briefe über Jahre hinweg geschrieben, während meine Übertreibungen nur ein paar Monate gedauert hatten. Wer von uns beiden war der größere Lügner? War es im Grunde nicht der Captain, der Liza mit seinen Lügen festhielt und sie, als Lohn für ihre Treue, ihrer Freiheit beraubte?

Meine Verärgerung über den Captain hielt an, bis ich mich zu fragen begann, ob aus mir nicht nur Neid sprach, der Neid dessen, der für einen anderen Menschen nie wirklich Liebe empfunden hatte?

Ich wurde benachrichtigt. Ich ging ins Krankenhaus. Liza war in ein Koma gefallen. Am nächsten Tag war sie tot. Ich konnte sie nur noch begraben. Ein Testament hatte sie nicht hinterlassen: Falls sie Geld besaß, so lag es auf einem unbekannten Konto. Wenn ich die anstehenden Rechnungen bezahlt habe, so sagte ich mir, bin ich ihr nichts mehr schuldig. Ein paar Tage später schickte ich Carver ein Telegramm an das geheimnisvoll klingende „Apt." und unterschrieb mit „Liza". Es ist doch, so redete ich mir ein, bestimmt freundschaftlicher, wenn ich dem Captain die Nachricht persönlich überbringe. Das Telegramm lautete: „Jim nach Panama abgereist. Wird alles erklären. Ankunftszeit, Flugnummer usw. In Liebe." Das Wort „Liebe" strich ich wieder durch. Sie hätte das Wort wahrscheinlich nicht verwendet.

Ich hatte den Gelegenheitsjournalismus satt. In mir erwachte aufs neue der Wunsch, Schriftsteller zu werden. Ich nahm sogar die Geschichte, die ich über meine Kindheit geschrieben hatte, wieder auf und korrigierte sie. Vielleicht würde sie eines Tages einen Verleger finden. Das Ende kann ich nicht absehen, aber ich denke, die Erzählung sollte zumindest auf den neuesten Stand der Dinge gebracht werden, und das habe ich nun getan. Ich werde weiterschreiben, so wie ich ein Tagebuch führen würde. Wer weiß, zu welchen Schlußfolgerungen ich noch komme, wenn ich in diesem unbekannten Land Panama beim Captain sein werde.

DRITTER TEIL

Achtes Kapitel

1

Ich beschloß, dem Rat zu folgen, den der Captain Liza gegeben hatte, und kaufte mir ein Ticket nach Panama via Amsterdam. Ich hätte mir viel Zeit und Mühe erspart, wenn ich über New York geflogen wäre – es hätte nicht einmal mehr gekostet –, aber ich hielt es für besser, seinen Anweisungen zu gehorchen. Er hatte „Schwierigkeiten“ erwähnt, was immer das heißen mochte, und das Wort beunruhigte mich während der ganzen, langen Reise. Nach der Landung in Caracas und während des endlosen Zwischenstopps auf Curaçao blieb ich in der Maschine und arbeitete an diesem meinem alten Buch, um es auf den neuesten Stand zu bringen. Ich mochte nicht einmal für eine Stunde ins Unbekannte hinaus.

Der Flug dauerte insgesamt zwölf Stunden ab Amsterdam; dort waren bei meiner Ankunft die Grachten vereist, und beim Abflug lag auf den Feldern draußen Schnee, und von da an bewegten wir uns durch die Dunkelheit stetig der Sonne entgegen.

Wenn der Captain lesen könnte, was ich jetzt schreibe, würde er begreifen, wieviele meiner Fragen an ihn noch immer offen sind – für mich ist er, wie die Existenz Gottes, ein ewiges Fragezeichen, auf das es nie eine Antwort geben wird, und wie alle Theologen schreibe ich also weiter, um die Frage ohne jede Hoffnung auf Antwort unablässig hin und her zu wenden.

Auf dieser Reise habe ich mir kaum etwas anderes angesehen als das Manuskript auf meinem Schoß; als ein Film gezeigt wurde, ließ ich den Kopfhörer auf dem Nebensitz liegen; denn ich brauchte Ruhe, brauchte ganz dringend Ruhe zum Nachdenken. Wann immer ich zur Leinwand aufblickte, störten mich die stummen Bilder nicht in meinen Gedanken, sie blieben sich immer gleich: Bärtige Männer zu Pferde knallten bärtige Männer zu Fuß ab und ritten wütend weiter.

Ein Lügner und Betrüger – so ungefähr hatte der Teufel den Captain bezeichnet, ohne eine Spur von Verurteilung in der Stimme, als beschriebe er eine interessante menschliche Lebensform mit wissenschaftlicher Präzision; und doch waren Liza und ich von diesem Lügner und Betrüger jahrelang abhängig gewesen, und er hatte uns schließlich nicht ein einziges Mal im Stich gelassen. Niemand hatte für mich der ungefähren Vorstellung von einem Vater annähernd so entsprochen wie er, auch wenn mir eigentlich nie bewußt geworden war, daß ich einen Vater brauchte, und ich ohne einen Vater ganz ordentlich zurechtgekommen zu sein glaubte. Ich flog jetzt bestimmt nicht in der Erwartung, einen Vater zu finden – ich flog einem mit Gold beladenen Zug von Maultieren entgegen, der sich auf einem mühseligen Weg zum Pazifik bewegte, in ein Abenteuer, und während das Flugzeug die Atlantikküste Panamas überquerte, über die dichten, undurchdringlichen Wälder von Darién hinwegzog, wanderten meine Gedanken zurück zu dem einzigen anderen Abenteuer meines Lebens, an das ich mich erinnern konnte. Ich empfand wieder die gleiche, erregte Spannung, die ich als Junge erlebt hatte, als ich vor dem *Swiss Cottage* wartete, daß der Captain herauskäme; sah erneut die Bretter vor mir auf dem Holzplatz am Kanal, während das Flugzeug gleich dem Floß, das ich zu verwenden geplant hatte, mich forttrug, dem Stillen Ozean entgegen, wo unmittelbar an der Küste die Stadt Valparaiso liegen mußte, in deren Bars bärtige Seeleute zechten. Ich befand mich jetzt auf dem Weg zu ihnen. Mir war, als lebte ich mein Leben noch einmal, rückwärts, bis zum Kindheitstraum jenes Tages, an dem ich für immer dem Amalekiter-Dasein entronnen war.

Die Maschine glitt plötzlich schräg einer glatten blauen, fließenden Ebene zu, die der Pazifik sein mußte. Die Wälder wichen den Ruinen jenes alten Panama, das der Pirat Morgan zerstört hatte, und einige Augenblicke später rollte das Flugzeug über die Asphaltbahn sanft auf Gebäude zu, wie sie auf allen Flughäfen stehen.

Als ich die Paßkontrolle und den Zoll hinter mir hatte, schaute ich mich nach dem Captain um; da war jedoch niemand zu sehen, der ihm ähnlich gesehen hätte. Mein Koffer war schwer, und ich setzte ihn ab. In Panama waren nicht viele Passagiere ausgestiegen (die Maschine flog nach Lima weiter), bald stand ich ganz allein in der Halle, und ich kam mir verlassen vor. War mein Telegramm an Apt. nicht angekommen? Oder vielleicht – es war nur allzu wahrscheinlich – war der Captain inzwischen anderswohin gezogen.

Es mußten gut zehn Minuten vergangen sein, während ich da herumstand und überlegte, was ich tun, wohin ich nun gehen sollte. Mir war allmählich klar geworden, was für eine Wahnsinnsreise ich mir da ausgesucht hatte, als in der Halle eine neue Gestalt erschien und mir nach einem kurzen Zögern langsam entgegenkam. Während sie sich näherte, blieb mir Zeit zu überlegen, daß ich einen größeren, hagereren Mann noch nie gesehen hatte. Die Hosen saßen ihm eng an wie eine zweite Haut. Schmal war er auch – schmale Schultern, schmale Hüften –, sogar seine Augen lagen zu nahe beieinander. Er wirkte wie die Karikatur aus einer Zeitungsserie.

Als er mich erreicht hatte, fragte er: „Heißen Sie Jim?"

„Ja."

„Ihr Flugzeug", sagte er in einem vorwurfsvollen Ton, als wäre ich der Pilot, „ist zwölf Minuten zu früh gelandet." Ich sollte später erfahren, welch besonderen Wert er auf Genauigkeit legte, besonders bei Zahlenangaben. Ich glaube, er hätte sich nicht mal darauf verlassen, daß ein Computer sie hinreichend genau ausrechnete. Jeder andere Mensch hätte sicherlich gesagt: „Zehn Minuten zu früh."

„Ja." Ich hatte das Gefühl, mich entschuldigen zu müssen. „Es tut mir leid."

„Mein Name ist Quigly. Ich bin gebeten worden, Sie abzuholen."

In seiner Aussprache war ein ganz leichtes, amerikanisches Näseln, eine Art Echo aus einem fernen Land, etwas, das er nach allzu langer Abwesenheit von seinem Heimatland angenommen hatte, was immer sein Heimatland sein mochte.

„Wo", fragte ich ihn, „ist der Captain?"

„Welcher Captain?" Er fügte, bevor ich anworten konnte, hinzu: „Mr. Smith hat mich beauftragt, ihn zu entschuldigen. Es tut ihm leid, nicht kommen zu können, aber er mußte für eine Weile fort. Er hat für Sie ein Zimmer reserviert."

„Mr. Smith?"

„Er sagte mir, er hätte ein Telegramm mit der Nachricht von Ihrer Ankunft erhalten."

Ich vermutete ganz zu Recht, daß der Captain schon wieder einmal seinen Namen geändert hatte, diesmal also in Smith. Es schien mir – nach Victor, Claridge und selbst Carver – ein eher schlichter Name. Ich konnte in meinem eigenen Interesse nur hoffen, daß es mit ihm nicht bergab gegangen war.

„Wird er lange fort sein?"

„Das kann ich nicht sagen. Zwei oder drei Tage? Zwei oder drei Wochen?" (Wieder Zahlen.) „Mr. Smith ist ein sehr beschäftigter Mann."

„Arbeiten Sie mit ihm zusammen?"

Er schien die Abneigung des Captain gegen Fragen zu teilen; er antwortete nämlich nicht.

„Wenn das Ihr ganzes Gepäck ist, können wir ja gehen."

„Wohin?"

„Zum Continental Hotel. Sie sollen Ihre Mahlzeiten dort einnehmen. Mr. Smith hat Ihnen einen Kredit einräumen lassen."

Ich kann nur zu gut verstehen, warum meine Gedanken ganz nervös zu einem Koffer mit zwei Ziegelsteinen zurückwanderten, doch das Continental erwies sich als ein bedeutenderes Hotel als das *Swan Inn*, und Mr. Smith genoß bestimmt ein noch höheres Ansehen; denn ich wurde begrüßt wie ein geschätzter Gast.

Im Lift zum vierzehnten Stock erkundigte sich der Portier nach meiner Reise und ebenso nach meiner Gesundheit. Mr. Quigly blieb unterdessen schweigsam. Vor der Tür zu meinem Zimmer saß ein junger Mann, der einen Revolverhalfter am Gürtel trug. „Das ist Ihr Leibwächter", sagte Mr. Quigly in einem Tonfall, der eine gewisse Mißbilligung anzudeuten schien.

„Warum habe ich einen Leibwächter?"

„Auf Wunsch von Oberst Martinez, soweit ich weiß."

„Wer, um alles in der Welt, ist Oberst Martinez?"

„Oh, die Erklärug überlasse ich Mr. Smith. Von solchen Dingen verstehe ich nichts."

Dann gab es eine Meinungsverschiedenheit wegen eines Schlüssels, der nicht in mein Schloß paßte. Jeder von uns versuchte es erfolglos.

„Entweder man hat mir den falschen Schlüssel oder Ihnen das falsche Zimmer gegeben", erklärte Mr. Quigly. Er sagte in einem so einfachen Spanisch, daß ich es verstehen konnte, zum Leibwächter: „Gehen Sie und sagen Sie's unten. Klären Sie, welches das richtige Zimmer ist."

Der Mann erwiderte, daß Mr. Quigly nach unten zu gehen habe. Er habe seine Befehle. Wieder tauchte der Name Oberst Martinez auf. Er müsse hierbleiben. Bei Señor ... Señor ... Er sei mein Leibwächter. Man hätte ihm gesagt, er solle bei Señor ... bleiben. Der Name war ihm offensichtlich entfallen.

Mit dem bißchen Spanisch, das mir von den Lektionen des Captain geblieben war, versuchte ich auszudrükken, ich sei gern bereit hinunterzugehen. Dieser Gedanke gefiel beiden nicht, und so fuhren wir schließlich von dem aus Aberglauben als vierzehntes Stockwerk bezeichneten Flur zu dritt nach unten.

Es war, wie sich herausstellte, nicht der falsche Schlüssel, sondern das falsche Zimmer gewesen. Der Schlüsselanhänger mit der Nummer hatte sich irgendwie gelöst und war verlegt worden. Mein genau identisches Zimmer, Nummer vierzehn, wieder der Aberglaube, lag an einem identisch aussehenden Flur ein Stockwerk tiefer, und beim Anblick des Inneren rief Mr. Quigly: „Natürlich hat er Ihnen sein Zimmer gegeben. Da ist der Fleck auf dem Teppich, wo er seinen Drink verschüttet hat. Ich nehme an, er wollte während seiner Abwesenheit keine Fremden in dem Zimmer haben."

Es wäre bestimmt groß genug, uns beide zu beherbergen, überlegte ich, sofern ich das Sofa als Bett benützen würde. Ich war völlig überrascht von dem Luxus des Zimmers, der dem Wesen des Captain so gar nicht zu entsprechen schien, außer vielleicht in den Zeiten, als er sich Colonel genannt hatte . . .

Es gab eine Bar und einen Kühlschrank voll mit kleinen Flaschen, und ich schlug bei diesem Anblick vor, wir sollten doch zusammen einen Schluck trinken. Der Leibwächter lehnte ab, vielleicht, wie es ein Taxifahrer getan haben würde, aus beruflichen Gründen, Mr. Quigly jedoch nahm sofort an. Mit einem Drink in der Hand schien er ein wenig menschlicher zu werden. Er ließ sich auf dem Sofa nieder, während der Leibwächter wie ein Wachtposten an der Tür stehenblieb. Ich kam mir eher eingesperrt als beschützt vor.

Mr. Quigly trank seine kleine Flasche Whisky unverdünnt und sagte kein einziges Wort. Er leckte sich nur nachdenklich die Lippen. Ich trat ans Fenster und blickte auf die sich in weitem Bogen erstreckende unbekannte Stadt. Ich sah fast nur Wolkenkratzer, die an Höhe miteinander wettzueifern schienen, zählte darunter vier Banken und sagte, um ein Gespräch anzufangen, zu Mr. Quigly: „Wir befinden uns wohl im Bankenviertel."

„Die ganze Stadt ist ein Bankenviertel – ausgenommen die Slums. Ich glaube, es gibt hier einhundertdreiundzwanzig internationale Banken." Wieder exakte Zahlenangaben. Ein langes Schweigen folgte. Ich trank meinen Drink zu Ende, bevor ich das Schweigen brach. „Dies Hotel muß sehr teuer sein, Mr. Quigly."

„In Panama gibt es keine billigen Hotels“, erwiderte Mr. Quigly; aus seiner Stimme sprach wohl eher Stolz als Kritik.

Ich dachte an den fetten Scheck des Captain, der mich hergeführt hatte, und an seinen Standardsatz über den Maultierzug. „Dem Captain, ich meine Mr. Smith, muß es wohl recht gut gehen.“

„Fragen Sie mich nicht, wie es ihm geht. Ich könnte es Ihnen nicht sagen. Fragen Sie Mr. Smith.“ Und Mr. Quigly schaute mit einem absichernden Nicken zum Leibwächter hinüber. „Ich weiß nicht viel von Mr. Smiths Aktivitäten.“

„Und er hat Sie trotzdem gebeten, sich um mich zu kümmern.“

„Wir sind Freunde“, entgegnete Mr. Quigly, „aber keine engen Freunde. Ich kann ihm gelegentlich nützlich sein, und das weiß er zu schätzen. Zu gegebener Zeit wird unsere Freundschaft bestimmt intensiver, weil wir gemeinsame Interessen haben.“

„Maultiere?“ fragte ich.

„Um Himmels willen, was meinen Sie mit Maultieren?“

„Ach, gar nichts“, sagte ich. „Haben Sie eine Ahnung, wann er zurückkommen wird?“

„Nicht die geringste. Aber Sie müssen sich keine Sorgen machen. Ich hab's Ihnen doch gesagt – er hat für Sie beim Empfang einen Kredit einrichten lassen. Solange Sie im Hotel bleiben, brauchen Sie kein Geld auszugeben. Sie zeichnen einfach nur die Rechnungen ab.“

Viele, viele Jahre waren vergangen, seit ich den Captain zuletzt gesehen hatte, aber mir kam die Rechnung wieder in den Sinn, die er nach dem Räucherlachs und der Orangeade abgezeichnet hatte.

„Und jetzt“, sagte Mr. Quigly, „müssen Sie mich ent-

„Und jetzt“, sagte Mr. Quigly, „müssen Sie mich entschuldigen. Ich muß gehen. Die Geschäfte rufen. Sie finden meine Telefonnummer auf dieser Karte. Sie können mich anrufen, wenn Sie ein Problem haben.“ Er streckte mir seine langen, kalten Finger zum Händedruck entgegen, einem raschen, knappen Händedruck, und ich war mit meinem Leibwächter allein.

Glücklicherweise konnte er, wie sich zeigte, ein wenig Englisch, und ich konnte zur Aushilfe mein spärliches Spanisch beisteuern, und während unserer gemeinsam verbrachten Stunden verbesserten sich unser beider Sprachkenntnisse bald. Das war wirklich ein Glück, denn er sollte sich während der folgenden Tage als mein enger Begleiter erweisen. Ich mochte ihn um einiges lieber als Mr. Quigly. Wir nahmen unsere Mahlzeiten gemeinsam im Hotelrestaurant ein, wo als Seeleute gekleidete Ober Meeresfrüchte servierten und die Wände mit Tauwerk dekoriert waren. Die Tatsache, daß Pablo eine Kanone trug, schien nicht mehr Neugier zu erregen als die Seemannskleidung der Ober; der Revolver mochte zum gleichen romantischen Kolorit gehören, das, so glaubte ich, dem Valparaiso meines Kindertraums angemessen war. An unserem zweiten Tag meinte ich zu spüren, unsere Kameradschaft könne eine offene Frage verkraften. „Pablo“, fragte ich über ein Glas chilenischen Weins hinweg, „warum bewachen Sie mich?“

„Befehl von Oberst Martinez.“

„Wer ist dieser Oberst Martinez?“

„Mein Boss.“ Er gebrauchte das englische Wort.

„Aber warum? Bin ich in Gefahr?“

„Señor Smith“, sagte er, „hat Feinde.“

„Warum? Was hat er denn vor?“

„DasmüssenSieihnselbstfragen,wennerzurückkommt.“

Aber bis dahin sollten noch viele Tage vergehen. Um der Langeweile zu entfliehen, bat ich Pablo, mich nicht nur zu beschützen – wovor? –, sondern mir seine Stadt zu zeigen. Es war eine Stadt mit steilen Hügeln und wasserfallartigen Regengüssen, die nicht einmal eine Viertelstunde andauerten und dennoch die Straßen in kleine Niagarafälle verwandelten, in denen Autos nicht weiterkamen. Es war auch, wie Mr. Quigly erwähnt hatte, eine Stadt der Slums, nicht nur der Banken. In dem Viertel, das ironisch Hollywood genannt wurde, war der Kontrast einfach schockierend: Die baufälligen Hütten, auf denen die Geier hausten und in denen ganze Familien in der Trautheit totaler Armut zusammengepfercht waren, lagen nur wenige hundert Meter von den Banken entfernt, deren hohe Fenster in der Morgensonne glänzten. Und es war ein noch größerer Schock, lediglich eine Straßenbreite entfernt die amerikanische Zone erblicken zu können, den gepflegten Rasen und die teuren Villen, auf denen sich nie ein Geier niederzulassen wagte. Auf unserer Seite der Straße, die Straße der Märtyrer hieß und, wie Pablo mir berichtete, nach einem alten Konflikt zwischen amerikanischen Marinesoldaten und Studenten so benannt worden war, war ich anscheinend panamaischem Recht unterstellt, wogegen ich auf der anderen Straßenseite die amerikanische Zone betreten würde und von dort wegen irgendeiner Übertretung amerikanischer Gesetze abtransportiert und in New Orleans vor Gericht gestellt werden könnte. Ich fragte mich zunehmend, was den Captain nur veranlaßt haben mochte, sich in dieser Stadt niederzulassen; denn für das Vorhandensein von Gold außerhalb der Tresore der internationalen Banken gab es nirgends Hinweise, und an seiner Befähigung zu einem Bankeinbruch hegte ich Zweifel . . .

Eines Tages fuhr Pablo mich die ganze makellos grüne Kanalzone entlang. Ich war einmal mehr erstaunt darüber, daß solcher Reichtum in bloßer Sichtweite von solcher Armut ohne Zollbeamte oder Grenzwache existieren konnte, ohne daß die Bewohner von Hollywood einbrächen. Ich habe die Worte vergessen, mit denen ich mein Erstaunen zum Ausdruck zu bringen versuchte, an Pablos Erwiderung aber kann ich mich noch erinnern. „Dies ist nicht nur Panama. Dies ist Mittelamerika. Eines Tages vielleicht ..." Er tätschelte das Halfter an seiner Seite. „Man braucht bessere Waffen als einen Revolver, verstehen Sie, um Dinge zu ändern."

Ich lernte meinen Beschützer während unserer gemeinsamen Mahlzeiten immer besser kennen und schätzen, und je lieber er mir wurde, desto deutlicher konnten wir in unseren Gesprächen die sauber abgegrenzte Zone der Diskretion verlassen. Ich konnte spüren, wie gut er den Captain kannte: es war nämlich seine Aufgabe gewesen, ihn zu beschützen, so wie er jetzt mich beschützte. Seine Befehle hatte ihm der unbekannte Oberst Martinez erteilt. Pablo sprach vom Captain immer als Mr. Smith; ich übernahm diesen Namen.

Wir fuhren durch die amerikanische Zone, um etwas von dem ländlicheren Panama zu sehen, das es auf der anderen Seite der nicht vorhandenen Grenze gab, als ich ihn abrupt fragte: „Wer sind Señor Smiths Feinde?" Und er gab schweigend eine Antwort – mit einer ausladenden Geste zum Golf-Haus und einem Putting Green und einer Gruppe von Offizieren in makellosen amerikanischen Uniformen hin, die den Golfern zuschauten. Er weigerte sich, diese Geste deutlicher zu erklären – als ob er überzeugt wäre, keines der Geheimnisse seines Auftraggebers preiszugeben, solange er sich nicht in Worten ausdrückte.

Er blieb täglich bis zum Schlafengehen bei mir; wo er die Nächte verbrachte, habe ich nie herauszufinden vermocht. Sicherlich nicht vor meiner Tür; ich hatte nachgesehen. Vielleicht verließ er sich darauf, daß ich nach dem Gutenachtgruß nicht mehr auf die Straßen hinausgehen würde, nachdem er mich gewarnt hatte, sie seien unsicher nach Einbruch der Dunkelheit. „Nicht so schlimm wie in New York", sagte er mir, „aber trotzdem schlimm, sehr schlimm. Was kann man schon erwarten, wo die Leute arm sind." Pablo hätte die Anlage zu einem echten Revolutionär, dachte ich, wenn er an den richtigen Anführer geriete.

Mr. Quigly blieb mir ein viel größeres Rätsel. Ich spürte eine gewisse Animosität zwischen ihm und Pablo und stellte mich instinktiv auf Pablos Seite. Pablo trug seine Waffen wenigstens offen; ich bezweifle allerdings, ob Mr. Quigly in seiner engen nordamerikanischen Kleidung für eine derartige Waffe überhaupt Platz gehabt hätte. Ich fragte mich, warum der Captain es so eingerichtet hatte, daß Mr. Quigly mich abholen gekommen war – vielleicht hatte es den Grund, daß seine Muttersprache Englisch war und der Captain, mein einstiger Lehrer, wußte, wie schlecht es um mein Spanisch stand. Mr. Quigly pflegte regelmäßig gegen halb neun morgens vorbeizukommen, und sei es nur, um mit mir über Allgemeines zu sprechen; meistens vom Telefon unten in der Halle aus. Beim ersten Mal hatte er die frühe Stunde damit erklärt, daß er sich auf dem Weg zu seinem Büro befinde; das Büro liege nicht weit vom Hotel entfernt. Das gab mir die Möglichkeit, ihn zu fragen, was er beruflich mache. Ein leichtes Zögern in der Leitung. „Ich bin Berater", antwortete er.

„Berater?"

„Finanzberater."

Ich mußte sofort an die Maultierzüge des Captain denken und fragte: „Handeln Sie mit Gold?"

„Es gibt kein Gold in Panama", antwortete er. Er fügte hinzu: „Es hat hier nie Gold gegeben. Das war eine Legende. Das Gold kam von anderswo."

Unsere kurzen Unterhaltungen endeten stets mit seiner Frage, ob ich Neuigkeiten über Mr. Smiths Rückkehr hätte, aber ich hatte ihm nichts mitzuteilen.

Als meine Freundschaft zu Pablo enger wurde, wagte ich eine oder zwei Fragen, die Mr. Quigly betrafen. „Ich verstehe ihn nicht. Er gehört eigentlich nicht zu der Sorte Mensch, der mein Vater vertraut." (Ich hatte die Geschichte, daß Mr. Smith mein Vater sei, akzeptiert, da sowohl Mr. Quigly als auch Pablo davon ausgingen, daß ich sein Sohn war. Mein Paß lautete natürlich auf den Namen Baxter, aber sie nahmen wahrscheinlich an, daß meine Mutter zweimal verheiratet gewesen sei.)

„Señor Smith hat zu ihm kein großes Vertrauen, meine ich", antwortete Pablo.

„Warum hat er Mr. Quigly dann gebeten, mich vom Flughafen abzuholen?"

Auf die Frage wußte Pablo keine Antwort.

Etwa eine Woche nach meiner Ankunft lud Mr. Quigly mich überraschend zum Abendessen ein. An diesem Abend zeigte er sich völlig verändert, und das nicht nur stimmungsmäßig. Es war eine beinahe körperliche Veränderung; denn er trug ein Jackett mit Schulterpolstern, was ihn kleiner erscheinen ließ, und die Hose schien ihm weniger eng zu sitzen. Er machte einen obskuren Witz, den ich nicht verstand; also lachte, oder eher kicherte, er selbst darüber. Seine Freundschaft mit dem Captain wurde mir noch unerklärlicher.

Er sagte mir: „Ich führe Sie in ein peruanisches Restaurant. Der Pisco Sour ist dort ausgezeichnet."

„Kommt Pablo nicht mit?"

„Ich habe ihm gesagt, daß heute abend ich Ihr Leibwächter sein werde. Ich habe ihm versprochen, Sie nicht aus den Augen zu lassen."

„Und was sagt Oberst Martinez dazu?"

„Ich habe Pablo ausnahmsweise ein kleines Trinkgeld gegeben, da war er einverstanden, den Colonel zu vergessen. Ein Trinkgeld kann viel bewirken in Panama. Sogar in höchsten Kreisen."

„Tragen Sie auch eine Kanone?"

„Nein, nein. In meinem Fall besteht überhaupt keine Gefahr. Man betrachtet mich als einen Yankee ehrenhalber, und vor allem momentan würde es niemand gern sehen, daß ein Yankee zu Schaden kommt."

Ich hatte noch nie einen Pisco Sour getrunken, und als wir beide je drei Pisco Sour intus hatten, konnte ich die Wirkung spüren. Selbst Mr. Quigly wurde fast jovial.

„Keine Nachrichten von Ihrem lieben, umherreisenden Vater?" fragte er.

Die Pisco Sour hatten mich verwirrt.

„Ach, der Teufel schreibt nie", erzählte ich ihm.

„So weit", sagte Mr. Quigly, nach einer vermutlich abwägenden Überlegung, „ihn buchstäblich einen Teufel zu nennen, wäre ich nicht gegangen. Auch wenn er zuweilen ein wenig boshaft sein mag."

Ich hielt es für besser, das Mißverständnis nicht aufzuklären. „Ach, Teufel nennen wir ihn nur spaßeshalber in der Familie", erklärte ich.

„Ich komme sehr gut mit ihm aus, aber natürlich vermag ich nicht alle seine Ideen zu teilen."

„Trifft das nicht auf alle Menschen zu?"

Er wich meiner Frage aus. „Vielleicht noch einen Pisco Sour?"

„Wäre das vernünftig?"

„Man kann doch in einer Welt wie dieser nicht immer vernünftig sein, oder?"

An dem Abend war ich nahe daran, Mr. Quigly zu mögen. Gesicht und Körper schienen mir mit jedem weiteren Pisco Sour weniger dürr.

„Wollen Sie länger hier bleiben?" Das war die direkteste Frage, die Mr. Quigly mir stellte, und da hatten wir bereits mit Pisco Sour aufgehört und tief in eine Flasche chilenischen Weins geblickt. In den kurzen Pausen zwischen unseren Drinks hatte er fast wie ein angeheuerter Fremdenführer dahergeredet und mir zu einem Besuch der Kokos-Inseln mit ihren indianischen Bewohnern geraten, die goldene – goldene? – Ohrringe trügen, sowie zu einem Besuch des Washington Hotels in der amerikanischen Zone von Colón, wo er sich für den Rum-Punsch verbürgen könne, der an der Pazifik-Seite Panamas sonst recht unzuverlässig sei. Und dann erzählte er, es gäbe da einen reizenden kleinen Kurort im Norden, in den Bergen, wenn ich für ein Wochenende verreisen wolle („ich könnte Sonderbedingungen für Sie arrangieren"). Und, so wollte er plötzlich wissen, wie habe er nur fast eine der seltensten Attraktionen Panamas vergessen können, die goldenen Frösche nämlich, die man, an einem mir jetzt entfallenen Ort, nur eine kurze Autofahrt entfernt auf der anderen Seite der amerikanischen Zone besichtigen könne. Seine Konversation entsprach zunehmend einem Handbuch für Touristen – es ärgerte mich, daß er mich für einen Touristen hielt.

„Aber ich betrachte meinen Aufenthalt hier nicht als Urlaub", sagte ich. „Ich hoffe, einen Job zu finden."

„Vielleicht bei Mr. Smith?“

„Vielleicht bei Mr. Smith“. Ich korrigierte mich rasch: „Ja, vielleicht bei meinem Vater.“

„Ich habe eigentlich nie herausgefunden, was Ihr Vater macht, er scheint jedoch über gute Beziehungen zur Nationalgarde zu verfügen. In Anbetracht der Tatsache, daß Oberst Martinez Ihnen einen eigenen Leibwächer stellt.“

Mr. Quigly wechselte das Thema, verwandelte sich wieder in den typischen Touristenführer und sprach von einer Insel namens Toboso, die einen Besuch lohne, wo keine Autos zugelassen wären und auf einem lange in Vergessenheit geratenen Friedhof irgendwo im Dschungel Angelsachsen begraben lägen. Erst als die Weinflasche leer war, wurde er wieder persönlich. Er berichtete mir: „Ich arbeite hier für eine amerikanische Zeitung. Als Finanzkorrespondent. Panama ist als Nachrichtenzentrum für die gesamte mittelamerikanische Szene äußerst nützlich; gegenwärtig passiert hier eine Menge – in Nikaragua, Guatemala, El Salvador, überall gibt's größere Unruhen. So, wie die Dinge liegen, ist meine Zeitung heilfroh, einen Korrespondenten zu haben, der strenggenommen kein Amerikaner ist. Ich besitze Gott sei Dank einen britischen Paß, obwohl ich England mit sechzehn verlassen habe. Amerikaner sind in diesen Gegenden nicht sehr beliebt. Wegen der Kanalzone. Mr. Smith hat mir erzählt, daß Sie auch im Journalismus gearbeitet haben.“

„Ich habe bei einer kleinen Lokalzeitung gearbeitet“, sagte ich, „und bin abgehauen, ohne zu kündigen.“

„Also wird man sie kaum wieder einstellen, nicht wahr? Ein etwas gewagtes Spiel, Ihrem Vater zu folgen, oder?“

Der Wein ließ mich vertraulich werden. Vielleicht, dachte ich, war ich Mr. Quigly gegenüber ein wenig unfair gewesen. „Nach seinen Briefen zu urteilen, gibt es hier eine Menge zu verdienen. Er ist natürlich schon immer ein Optimist gewesen.“ Ich fügte unüberlegt hinzu: „Seit ich ihn kenne.“

„Seit Sie also ein Baby waren?“ bemerkte Mr. Quigly mit einer ersten erkennbaren Andeutung von Humor.

Ich beschloß, ehrlich zu sein – vielleicht war es auch eine Wirkung des Weins. „Er ist gar nicht mein richtiger Vater“, gestand ich, „er ist so etwas wie mein Adoptivvater.“

„Das ist höchst interessant“, entgegnete Mr. Quigly, obwohl ich nicht zu begreifen vermochte, von welchem Interesse mein Stückchen Familiengeschichte für ihn sein könnte. Vielleicht entnahm er meinem Blick eine Frage, denn er fügte hinzu: „Bei einem solchen Adoptivvater müssen Sie wenigstens über die sehr ungerechte Aussage in der von mir als unheilig bezeichneten Bibel nicht beunruhigt sein – ‚Die Sünden der Väter kommen über die Kinder.‘“ Er kicherte in den letzten Tropfen chilenischen Weins hinein, der noch in seinem Glas war. Er hatte, so schien es, endlich eine Gelegenheit gefunden, einen Witz loszuwerden, den er schon lange hatte anbringen wollen, und war sichtlich enttäuscht, weil ich nicht lachte. „Möglicherweise“, meinte er, „täte uns noch eine Flasche von diesem chilenischen Gebräu gut.“

„Nicht für mich. Ich kann nichts mehr vertragen.“

„Ah, Sie sind ein kluger Mensch. Sie mögen recht haben, obgleich, trotzdem . . .“

Mir schien der Augenblick gekommen, um meinerseits den Wein vorteilhaft zu nutzen und ihm eine kleine Information zu entlocken. „Ich wundere mich“, sagte ich,

„warum mein Vater – lassen Sie uns ihn ruhig so nennen – Sie gebeten hat, mich abzuholen."

Die Antwort war genau die, die ich anläßlich meines Gesprächs mit Pablo erwartet hatte. „Er hat gemeint, Ihr Spanisch reiche vielleicht nicht aus zur Verständigung mit dem Leibwächter. Sehen Sie, ich konnte ihm das eine oder andere Mal mit meinen journalistischen Kontakten aushelfen. Auch er hat schon Schwierigkeiten gehabt, wenn auch nicht sprachlicher Art."

Ich erinnerte mich an den Ratschlag des Captain an Liza, die bequemere und billigere Reiseroute nach Panama über New York zu vermeiden.

„Mit den Amerikanern?"

„Oh, nicht nur mit ihnen. Wie ich schon einmal erwähnt habe, ich weiß eigentlich nicht genau, was er geschäftlich macht."

„Auf jeden Fall hat er ein kostspieliges Hotelzimmer."

„Daraus können Sie nichts ableiten. Bei manchen Tätigkeiten hier zahlt es sich kurzfristig aus, teuer zu wirken. Ich hoffe, ganz ehrlich, er wird einen Arbeitsplatz für Sie finden, der Ihnen zusagt. Und sich lohnt. Daß sich etwas lohnt, ist doch das Wichtigste."

Mr. Quigly schaute auf die Uhr und erklärte mit der ihm eigenen Genauigkeit: „Zweiundzwanzig Uhr siebzehn." Dann rief er den Ober und bat um die Rechnung, die er nach sorgfältigem Prüfen der Zahlen abzeichnete. Er stellte sogar die Zahl der Pisco Sour in Frage. „Auf Spesen", sagte er mir und kicherte wieder. „Bevor wir uns verabschieden", fügte er hinzu, „möchte ich Ihnen sagen, wie sehr ich mich über Ihre Gesellschaft gefreut habe. Ein englischer Landsmann. In dieser Gegend fühlt man sich gelegentlich ein wenig einsam. Es tut gut, die eigene Sprache zu hören."

„Sie haben doch bestimmt eine Menge Amerikaner in Ihrer Nähe, in der Zone."

„Ja, ja, aber das ist nicht ganz dasselbe, nicht wahr? Ich möchte Ihnen wirklich ein Angebot machen – und aus meinen Worten spricht keineswegs nur der chilenische Wein: Falls Sie Schwierigkeiten haben sollten, einen Job zu finden, könnte ich Ihnen möglicherweise ein wenig helfen. Oder wenn Sie ein bißchen nebenher arbeiten möchten. Bei mir ergibt sich manchmal völlig überraschend eine Geschichte, und ich kann nicht immer zur Stelle sein. Ich könnte einen Assistenten gebrauchen. Das, was man in der Zeitungswelt, aus der Sie kommen, glaube ich, einen freien Reporter nennt. Halbtags, höchstens halbtags. Aber ich möchte natürlich in keine Abmachungen eingreifen, die Mr. Smith eventuell für Sie getroffen hat."

Am Hoteleingang sagte er zu mir: „Meine Telefonnummer haben Sie. Sie können sich jederzeit mit mir in Verbindung setzen", und irgend etwas im Tonfall seiner Stimme ließ mich vermuten, damit habe er den eigentlichen Zweck unseres gemeinsamen Abends endlich ausgesprochen. Aber so viele Pisco Sour hätte er dafür wirklich nicht ausgeben müssen. Mir war nur allzu bewußt, daß ich Hilfe gebrauchen konnte, wenn der Captain von Lizas Tod erführe.

2

Zwei Abende später, ich war müde von den Wanderungen mit Pablo durch die Straßen Panamas, vorbei an einem guten Dutzend von den einhundertdreiundzwanzig Banken (ich spürte keinerlei Verlangen, noch einmal in die Slums von Hollywood zurückzukehren, wo wir von einem Süchtigen verfolgt worden waren, der uns Drogen gegen Dollars verkaufen wollte), hatte mein Leibwächter mich eben in meinem Zimmer allein gelassen, als er gleich darauf mit der Nachricht zurückkehrte, Mr. Smith sei angekommen und werde in einer halben Stunde im Hotel eintreffen; seine Wachdienste seien damit beendet. „Jetzt kann Señor Smith auf Sie aufpassen. Oberst Martinez hat mich abgezogen."

Es war Jahre her, seit ich den Captain zuletzt gesehen hatte, und es kam mir vor, als warte ich auf einen Fremden, ja, oder auf eine Figur, die überhaupt nur auf den Seiten meines jugendlichen Manuskripts existierte, an dem ich noch immer arbeite. Und auf dem Papier existierte er deutlicher als in meinem Gedächtnis. Versuchte ich beispielsweise, mich der Gelegenheiten zu erinnern, als er mich ins Kino mitgenommen hatte, so fiel mir nur *King Kong* ein – weil ich die Erinnerung schriftlich festgehalten hatte. Wenn ich an seine früheren Besuche nach längerer Abwesenheit dachte – und während unseres Zusammenlebens war er nur zu oft fortgewesen –, so kam mir seine unerwartete Heimkehr mit dem bärtigen Gesicht in den Sinn, weil ich sie in Worte gefaßt hatte, oder der Fremde im Gespräch mit dem Direktor, der mich anschließend mit Räucherlachs gefüttert hatte. Und das wiederum, weil ich diese Figur in meinem traurigen Bemühen, ein „echter Schriftsteller" zu werden, wieder zum Leben erweckt hatte.

Als sich jetzt die Zimmertür öffnete, fühlte ich mich also zurückversetzt in das *Swan Inn* und erwartete einen viel jüngeren Mann; einen Mann, der bitten würde, daß man seinen Koffer, in dem sich zwei Ziegelsteine befanden, auf sein Zimmer brächte. Es hätte mich nicht im geringsten überrascht zu erfahren, der Koffer, den er wuchtig auf seinem Bett absetzte, enthalte ähnliche Ziegelsteine. Was mich überraschte, war das Alter des Captain – sein erschöpftes, faltiges Altmännergesicht. Er trug weder einen Bart noch einen Schnurrbart, und ihr Fehlen schien die tiefen, kreuz und quer laufenden Linien auf seiner Haut noch zu betonen, und auf seinem Kopf war das Haar dort, wo es nicht weiß geworden war, grau.

„Mensch, Jim", sagte er und streckte mir sichtlich scheu seine Hand entgegen. „Gut, dich nach so langer Zeit wiederzusehen. Ich wünschte mir nur, du wärst nicht allein." Es war fast wie ein Echo meiner eigenen Gedanken, als er bemerkte: „Wieviel älter du aussiehst!" Er fügte hinzu: „Komisch, nicht wahr, daß Liza nicht da ist, um uns eine Tasse Tee zu machen, aber ich nehme an, es ist inzwischen soweit, daß dir stärkere Sachen sowieso lieber sind. Whisky? Gin?"

„Dein Freund Mr. Quigly hat mich an Pisco Sour gewöhnt, ich würde aber Whisky vorziehen." (In Erinnerung an die weit zurückliegende Vergangenheit hätte ich beinahe gesagt: „Gin Tonic.")

Der Captain ging zur Bar. „Quigly ist ein Bekannter", sagte er, „als meinen Freund würde ich ihn kaum bezeichnen", und als er die Whiskys einschenkte, fragte er, mit dem Rücken zu mir, vielleicht, damit ich sein besorgtes Gesicht nicht sehen konnte: „Wie geht's Liza?"

Ich glaube nicht, daß mir ernsthaft ein Vorwurf daraus gemacht werden kann, daß ich nicht schlicht und einfach sagte: „Sie ist tot". Und vielleicht habe ich just in dem Augenblick den gefährlichen Entschluß gefaßt, es so lang wie möglich hinauszuschieben, ihm von ihrem Tod zu berichten.

Ich war ihm schließlich nichts schuldig. Hatte sein einziges Interesse an mir nicht in dem Wunsch bestanden, Liza zu geben, was sie anders nicht haben konnte – ein Kind? Ich war mir jedoch sehr wohl im klaren über die Schwierigkeiten, die sich mir noch stellen mußten. Ich hatte keine Ahnung, wie regelmäßig sie ihm zu schreiben pflegte, und wie sollte ich ihm ihr völliges Schweigen erklären? Früher oder später mußte die Wahrheit, unweigerlich, offengelegt werden, das wußte ich, doch bevor er erfahren durfte, daß ich ihn belogen hatte, mußte ich in dieser fremden Welt erst einmal sicher auf den Beinen stehen.

Ich erwiderte: „Nicht besonders."

„Was meinst du damit?"

„Sie hat einen kleinen Unfall gehabt. Wurde zu Boden geschleudert. Auf dem Weg zum Bäcker. Sie mußte ins Krankenhaus."

„Was für ein Unfall?"

Ich gab ihm eine abgeänderte Fassung der Wahrheit – ohne das Ende.

„Und du bist hergekommen und hast sie im Krankenhaus allein gelassen? . . ."

Ich wollte ihm schon antworten: „Sie ist es ja gewöhnt, allein zu sein", hielt mich aber gerade noch rechtzeitig zurück, als er hinzufügte: „Du bist der einzige Mensch in ihrer Nähe." Mir fiel ein, daß sie ihm nie von meiner Flucht geschrieben hatte, aus Angst, ihn zu bekümmern; sie hätte ihn auch nicht irgendwie unter Druck setzen wollen zurückzukehren. Ich log also mit Bedacht weiter: „Sie hat mich gedrängt herzukommen. Sie hat mir das Geld für die Reise gegeben, weil sie selbst nicht kommen kann. Sie hat die Absicht, mir zu folgen. Sobald der Arzt es erlaubt." Die Lügen und Ausreden begannen sich zu vermehren, und ich vermochte sie überhaupt nicht mehr zu steuern.

„Ich habe sie doch gar nicht erwartet. Ich habe ihr geschrieben, noch nicht zu kommen. Noch etwas länger zu warten. Weil es Schwierigkeiten gibt."

„Sie hat gehofft, ich könnte dir helfen."

„Ich hasse die Vorstellung, daß sie dort im Krankenhaus liegt – so krank und allein."

„Sie ist inzwischen wahrscheinlich wieder zu Hause."

„Ja. Zu Hause, wie du es nennst. In dieser trübseligen Kellerwohnung."

„Sie war dort glücklich. Auf ihre eigene Art. In Erwartung deiner Rückkehr."

„Gott sei Dank, daß sie dich hatte, aber jetzt ... Wenn ich nur das nächste Flugzeug nach Europa nehmen könnte! Ich kann aber nicht. Ich habe versprochen ... In einem Monat werde ich vielleicht frei sein, ich bin mir dessen fast sicher; aber einem Menschen, der krank ist und allein, muß ein Monat verdammt lang vorkommen."

Er nahm einen großen Schluck von seinem Whisky. „Du hast doch immer das Brot für sie geholt. Wo bist du gewesen, als der Unfall passierte?"

„Ich habe gearbeitet."

„Oh ja, natürlich. Du hattest diesen Job bei einer Zeitung. Sie hat mir geschrieben, wie froh sie war, daß du nicht den ganzen Tag bei ihr herumhingst. Es machte ihr Freude, auf den Abend zu warten, auf dein Nachhausekommen."

Ich hatte vorher nie darüber nachgedacht, in welchem Ausmaß er von beiden von uns getäuscht worden war. Gemeinsam hatten wir ein Loch gegraben, in dem die Wahrheit tiefer als im tiefsten Grab verborgen lag. Aber da gab es eine Wahrheit, die offengelegt werden mußte, früher oder später – die Wahrheit ihres Todes. Ihr Schweigen auf seine Briefe konnte nicht für immer glaubhaft bleiben.

Ich trank, aber der Whisky half mir nicht, dieses Rätsel zu entwirren.

Der Captain schenkte sich ein zweites Glas Whisky ein. „Ich trinke keinen Tee mehr", sagte er. „Nicht, daß ich ihn je gemocht habe. Tee ist für mich nur an einer einzigen Stelle in der Welt vorstellbar, in ihrer Wohnung." Er versuchte, glaube ich, die Spannung zwischen uns zu lockern, die er vermutlich unseren unterschiedlichen Ängsten zuschrieb, vielleicht sogar einem Wandel in unserer Beziehung. Wir waren nicht mehr ein erwachsener Mann und ein Junge – er war jetzt ein wesentlich älterer Mann, und meine Jungenhaftigkeit war mehr oder weniger vorbei. „Was hältst du von diesem Quigly?" fragte er.

„Ich bin nicht schlau aus ihm geworden. Ich habe mich gefragt, warum du ihn geschickt hast, mich abzuholen."

„Pablo kann nur sehr wenig Englisch, und ich habe gemeint, bei deinem Spanisch – nun ja, damit sind wir nie sehr weit gekommen, oder? Quigly hätte dir alles ein wenig erklären können."

„Er hat mir gar nichts erklärt."

„Ich meinte nur, was dieses Hotel betrifft, dieses Zimmer, daß du alles auf die Rechnung setzen lassen solltest und was man in dieser rückständigen Stadt am besten ißt. Ich konnte dich nicht abholen. Ich war mit einem wichtigen Auftrag unterwegs. Ich wurde dringend gebraucht."

„Nicht von der Polizei gesucht?" fragte ich, nur um

Licht in jene unklare Vergangenheit zu bringen, die Liza und ich mit ihm geteilt hatten.

„Oh nein, mit der Polizei habe ich jetzt keine Schwierigkeiten."

„Aber Schwierigkeiten hast du immer noch?"

„Schwierigkeiten gibt's immer. Aus Schwierigkeiten mach' ich mir nichts. Ohne sie wäre das Leben nicht lebenswert. Ich fürchte, nach meiner Rückkehr bleibt dir jetzt zum Schlafen nur das Sofa drüben."

„An ein Sofa habe ich mich in Camden Town gewöhnt. Und es war weniger bequem als dies hier."

„Einen Pyjama wirst du diesmal wohl mithaben?"

Ich war froh, daß auch seine Gedanken zu jener weit entlegenen Vergangenheit zurückwanderten, über die ich geschrieben hatte. In der Vergangenheit gab es keine Fallen zu vermeiden; wir konnten frei miteinander sprechen. „Er ist Gott sei Dank nicht orangefarben", sagte ich.

„Aber an jenem ersten Abend hast du dich damit abgefunden."

„Sobald es still im Haus war, habe ich ihn ausgezogen und nackt geschlafen."

„Und ihn zerknautscht, nehme ich an, damit Liza nichts merkte?"

„Ich hab's geschafft, ihn bös zu zerreißen. Für den Fall, daß ich ihn nach der Wäsche wieder hätte anziehen müssen."

„Ja, ich erinnere mich daran, wie wütend Liza war, weil ich für einen neuen Pyjama Geld ausgeben mußte. Ich war nicht der einzige, der ein Doppelleben führte, und du hast damit sogar noch früher angefangen als ich."

„Aber du führst noch immer ein Doppelleben", sagte ich. „Was *ist* eigentlich dein Job?"

„Ich weiß nicht, ob es wirklich gefahrlos ist, wenn du es jetzt schon erfährst."

„Gefahrlos für wen?"

„Für uns beide."

„Weiß es Mr. Quigly?"

Es widerstrebte mir, das „Mister" wegzulassen, wenn ich von Quigly sprach. Es schien mir den Mann auf Distanz zu halten. Es war fast wie eine abschätzige Bezeichnung.

„Oh, er wüßte es nur zu gerne. Aber einem Journalisten darf man nie trauen. Falls er einer ist."

„Vor einer Woche bin ich selbst noch Journalist gewesen."

„Keiner von Quiglys Sorte, will ich hoffen."

„Was für ein Journalist *ist* Quigly denn?"

„Er nennt sich Finanzkorrespondent, ist aber hinter jeder Art von Stoff her. Ich bin mir nicht sicher, ob er ihn nur für seine Zeitung braucht. Er ist ein Mann, den du im Auge behalten mußt."

„Du willst, daß *ich* ihn im Auge behalte? Ist das die Aufgabe, die du mir zugedacht hast?"

„Vielleicht. Könnte sein. Wer weiß? Jedenfalls ist es jetzt zu spät, darüber zu reden, und wir sind müde. Trinken wir noch einen letzten Whisky, dann gehen wir schlafen. *Du* kannst jedenfalls schlafen. Ich möchte zuerst noch an Liza schreiben. Daß du sicher angekommen bist."

Für einen Augenblick hätte ich glauben können, er wolle mich prüfen, um zu sehen, wie lange ich meine Lüge, daß sie noch lebte, aufrechterhalten würde; aber das war natürlich nicht der Fall. Er fügte hinzu: „Ich versuche immer, ihr vor dem Schlafengehen zu schreiben, auch wenn ich den Brief nicht jedesmal abschicke.

Wenn der Tag zu Ende ist, kann ich meine Schwierigkeiten vergessen und nur an sie denken." Und mit dem Geräusch seiner Feder auf dem Papier schlief ich schließlich ein.

3

Es war ein Zufall – so sah ich es jedenfalls damals –, daß ich am nächsten Morgen gleich Mr. Quigly über den Weg lief. Als ich aufwachte, war das Bett des Captain leer, auf dem Stuhl daneben lag, noch unverschlossen und ohne Marke, weil er ihn nach seiner Arbeit – welcher Arbeit? – am kommenden Abend möglicherweise fortsetzen oder aber ihn gar nicht abschicken wollte, der Brief an Liza. Ich war nur ganz kurz versucht, ihn zu lesen – ich hatte in letzter Zeit so viele seiner Briefe gelesen, daß ich den Inhalt dieses Briefes beinahe erraten konnte. Er würde gewiß dieselben wenig überzeugenden Sentimentalitäten enthalten. Dennoch war ich ein wenig stolz, mich zurückgehalten zu haben. Es schien meine Schuldgefühle wegen der großen Lüge ein bißchen zu verringern.

Ich hatte das Hotel eben verlassen, einfach nur, um mir die Zeit zu vertreiben, als Mr. Quigly erschien und auf mich zukam. Da sich im Umkreis von etwa hundert Metern vier Banken befanden, war der Zufall leicht erklärlich – und in der Tat, genau so wurde er von Mr. Quigly erklärt. „Habe gerade ein paar Spesengelder abgehoben", sagte er, „übrigens auch für Sie."

„Für mich? Ich verstehe nicht."

„Ich würde Ihnen gern einen kleinen Vorschuß zahlen."

„Wofür?“

„Sie können mir bei einer aktuellen Story für meine Zeitung helfen.“

„Ich wüßte nicht, wie.“

„Ein Journalist hilft dem anderen.“

„Hat es etwas zu tun mit“ – ich zögerte bei dem Namen – „Mr. Smith?“

„Nicht direkt.“

„Tut mir leid“, sagte ich ihm, „ich kann Ihnen nicht helfen“, und schritt ausgesprochen schlecht gelaunt davon, ohne sein Geld anzunehmen.

4

Während ich diesen Bericht schreibe, komme ich allmählich zu der Erkenntnis, daß es in meiner Geschichte eine große Lücke gibt. Ich hätte doch über Lizas Tod gewiß Trauer empfinden sollen. In all den Jahren seit meinem unerwarteten Eintreffen mit dem Captain hatte sie ihre Rolle als Ersatzmutter äußerst korrekt gespielt – mit einer, wie mir schien, natürlichen Zuneigung und gelegentlich sogar ganz natürlichen Verärgerung und mit entschieden mehr Geschick, als meine Tante je bewiesen hatte. Über das Leben bei ihr konnte ich mich nicht beklagen. Der Captain hatte geglaubt, sie brauche ein Kind, um ihr Glück vollkommen und ihr die Einsamkeit erträglicher zu machen, unter der sie, wie er annahm, während seiner häufigen Abwesenheiten leiden mußte. Vielleicht hatte er da einen Fehler begangen – vielleicht hatte er ihr da nur eine weitere Verantwortung aufgebürdet. Wie kann man sich der Empfindungen eines anderen Menschen je sicher sein? Liza war bestimmt nicht besitzergreifend gewesen, und schon als Kind mag ich das, wenn auch nicht völlig begriffen, so doch geschätzt haben. Diese ihre Einstellung hatte es mir ermöglicht, mich ohne Skrupel freizumachen, als die Zeit der Unabhängigkeit für mich gekommen war, auch wenn ich weiterhin die Komödie eines pflichtbewußten Sohnes spielte, indem ich Liza wöchentlich einmal besuchte – wenn sich nichts Reizvolleres ergab. Aber jetzt mußte ich mich der Wahrheit, der Lücke in meiner Geschichte stellen. Als mir im Krankenhaus mitgeteilt wurde, Liza sei tot, empfand ich nicht mehr als nach einem meiner wöchentlichen Besuche, wenn ich sie verließ, um in meine Einzimmerwohnung in Soho zurückzukehren. Falls ich überhaupt etwas empfunden hatte, dann ein Gefühl der Erleichterung: Eine Pflicht war vorbei.

Eine Sache hatte sie im Krankenhaus hinterlassen – es war ein Brief, nur mit dem Namen des Captain adressiert, weil sie die Apt.-Nummer offenbar vergessen hatte, die keiner von uns beiden verstand. Ich hätte ihn beinahe geöffnet, doch eine nüchterne Überlegung hielt mich davon ab. Ich würde zum Captain fliegen: Einen geöffneten Brief konnte ich ihm nicht überreichen, und mit diesem Brief konnte ich ihn vielleicht auf die Nachricht von ihrem Tod vorbereiten und es sogar entschuldigen, daß ich seinen Scheck genutzt hatte, um ihn zu besuchen. Aber dafür war es jetzt zu spät – ich hatte den Brief ungelesen zerrissen und die Fetzen in einen Abfallkorb vor dem Krankenhaus geworfen.

5

Es war übereilt gewesen, Mr. Quigly so abrupt fortzuschicken; denn ich langweilte mich an meinen langen, einsamen Tagen in dieser Stadt, die mir fremd war. Ich hätte selbst Pablos Rückkehr begrüßt, und wenn der Captain von diesem mysteriösen Oberst Martinez beauftragt worden war, die Rolle meines Beschützers zu übernehmen, warum war er, so bald nach seiner Rückkehr, dann gleich wieder verschwunden? Aber wozu sollte ein Leibwächter überhaupt gut sein? Ich fühlte mich nicht in Gefahr inmitten der internationalen Banken, wenn ich etwas von meinem Geld wechselte – oder besser: vom verbliebenen Geld Lizas. Zu meiner Welt, oder der des Captain, schienen Leibwächter und Banken nicht zu gehören. Bei denen war vielleicht nur Mr. Quigly zu Hause.

Wie sich dann herausstellte, sollte ich aber nicht sehr lange allein bleiben. Der Captain entschuldigte sich sogar für seine Abwesenheit, als er in unser Zimmer marschierte. „Es gab da ein paar Probleme, die gelöst werden mußten", sagte er mir. „Jetzt können wir uns unbeschwert vergnügen, und ich werde dir ein paar von den Schönheiten Panamas zeigen."

„Bitte nicht die Banken. Nicht die Slums. Von denen habe ich schon zuviel gesehen. Gibt es hier nichts Sehenswertes?"

„Die Schönheit der Ruinen", antwortete er. „Sie können uns etwas lehren."

„Etwas lehren?"

„Um die Wahrheit zu sagen – was, weiß ich selbst nicht genau."

Die Wendung „um die Wahrheit zu sagen" war ein

Schlüsselsatz des Captain. Wie oft hatten Liza und ich bei dieser Wendung ironische Blicke gewechselt; denn die Wahrheit und der Captain waren nicht leicht auf einen Nenner zu bringen. Wie dem auch sei, vielleicht *suchte* er diesmal nach einer wahren Antwort; zwischen den Ruinen auf der Seeseite der alten Stadt, die Sir Henry Morgan vor mehr als dreihundert Jahren zerstört hatte, verharrte er nämlich eine ganze Weile in respektvollem Schweigen.

„Du findest das hier schön?“ fragte ich, um das Schweigen zu brechen. „Was ist das schon? Ein Haufen zerfallener Mauern?“

Ich hatte ihn noch nie so schweigsam erlebt.

„Was hast du gesagt?“

„Findest du diese Ruinen schön? Sie gefallen mir um einiges besser als diese Bank-Wolkenkratzer, zugegeben. Aber *schön*?“

„Denk doch“, sagte der Captain, „welche Arbeit es in jenen Tagen erfordert hat, diese Gebäude in Trümmer zu legen. Welch Zeitverschwendung das war! Die Kirche da – falls es eine Kirche war – könnte ich heutzutage innerhalb von Sekunden zerstören.“

„Wie?“

„Aus der Luft. Mit ein paar Bomben.“

„Wenn du ein Flugzeug hättest. Sir Henry Morgan besaß keins.“

„Tatsache ist“ – dies eine Mal vermied er sein „um die Wahrheit zu sagen“ –, „daß ich ein kleines Flugzeug besitze. Ein gebrauchtes natürlich.“ Bedeutete das Wort „Tatsache“ für den Captain das gleiche wie das Wort „Wahrheit“? War es genauso wenig zuverlässig? fragte ich mich und blieb still.

„Ich mag Drake lieber als Morgan“, fuhr der Captain

fort und blickte, wie mir schien, mit einer gewissen Schwermut auf die Ruinen. „Drake hat das Gold geraubt und ein paar Spanier getötet, aber er hat keine Stadt zerstört. Die spanische Schatzkammer in Portobello sieht heute noch genauso aus wie damals. Ich könnte sie dir zeigen."

„Aber was ist mit deinem Flugzeug?"

„Ach, nichts. Ich wollte dir eigentlich gar nichts vom Flugzeug sagen. Es ist mir nur so herausgerutscht. Nichts von Bedeutung. Nur so ein dummes Hobby von mir. Der Mensch braucht ein Hobby."

Ein Flugzeug schien mir ein sehr kostspieliges Hobby zu sein, und ich konnte mir nicht erklären, wie er es bezahlt hatte. Hatte er wieder ein Stückchen Papier unterschrieben?

Was er als Herausrutscher bezeichnet hatte, erwies sich an jenem Abend, als unsere Unterhaltung eine recht gefährliche Wende nahm, als etwas unerwartet Wichtiges. Am Anfang war alles gutgegangen. Die Vergangenheit war ein sicheres Terrain, es war ganz so, als seien wir auf harmlose Weise bemüht, einander nach Jahren der Trennung kameradschaflich näherzukommen.

Ich wagte mich sogar ein wenig vor in jene zweifelhaften Jahre mit den ungeklärten Besuchen der Polizei, an die ich mich noch so gut erinnerte. „Erinnerst du dich noch an die Zeit, als du monatelang fort warst und dann mit einem Bart zurückkamst?"

Er lachte. „Ja, da hatte ich sie ganz schön an der Nase herumgeführt."

„Und dann stand ein Bericht im *Telegraph* . . ."

„Was für ein Gedächtnis du hast!"

„Na ja, schau, vor ein paar Jahren wollte ich Schriftsteller werden und schrieb eine Menge von dem auf, was sich damals ereignete. Nach Lizas Unfall fand ich das Manuskript wieder und habe darin gelesen. Über diesen Raubüberfall und einen Mann ‚mit militärischem Äußeren', nach dem die Polizei suchte."

„‚Ein Mann mit militärischem Äußeren'. Ja, ich habe den Bericht damals auch gelesen. Er hat mir unglaublich geschmeichelt. So würde man mich heute nicht beschreiben, nicht wahr, und doch bin ich auf meine Weise wieder ein Kämpfer. Es war ein gute Zeit damals, auch wenn sie ein wenig schwierig war. Ich arbeitete damals mit drei anderen zusammen. Man konnte sich nicht auf sie verlassen, sie betrogen einen, wo sie nur konnten, aber ich konnte mir meine Partner nicht aussuchen. Ich mußte nehmen, wen ich kriegen konnte. Ich wollte Liza aus der trüben Kellerwohnung herausholen und ihr ein ordentliches Zuhause verschaffen. Der Gedanke, daß sie nach dem Krankenhaus in den Keller zurück muß, tut mir weh."

Ich versuchte, seine Gedanken von dieser gefährlichen Richtung abzulenken. „Also *warst* du jener Mann im *Telegraph?*"

„Natürlich."

„Und du wurdest wegen Diebstahls gesucht?"

„Wenn es um Juwelen im Wert von annähernd dreitausend Pfund geht, dann handelt es sich nicht um Diebstahl, sondern um Raub."

„Du bist also ein Räuber gewesen?"

„Wie Drake vor mir. Drake, nicht Morgan. Ich habe keine Städte zerstört. Ich habe nie jemand wirklich Schaden zugefügt."

„Und die Sache mit dem Juwelier?"

„Nun, der ist überhaupt nicht zu Schaden gekommen. Wir sind ganz behutsam vorgegangen, als wir ihn fesselten. Sein Geschäft ging nicht gut, und er muß sich über das Geld von der Versicherung gefreut haben. Solche Leute sind immer gut versichert. Und in dem Fall mußte ich so handeln."

„Warum?"

„Ich trug Verantwortung. Für Liza und für dich."

„Hat Liza davon gewußt?"

„Liza ist ein kluges Mädchen, und sie hat vermutlich vieles geahnt. Ich habe vor ihr nicht viele Geheimnisse gehabt. Nur kleine – um zu verhindern, daß sie sich Sorgen machte. Ich habe nur einen Wunsch – daß sie glücklich ist. Eines Tages wird sie glücklich sein, ich schwör's dir."

„Warum änderst du dauernd deinen Namen?"

„Früher hab ich's mehr aus Jux gemacht. Ich habe mich schon als kleiner Junge immer über die Bullen lustig machen wollen."

Ich fragte, diesmal mit echtem Interesse: „Und wie hast du bei deiner Geburt geheißen?"

„Ich hieß Brown."

Ich meinte belustigt: „Und jetzt heißt du Smith. Das kommt der Wahrheit schon wieder näher. Der einfachen Wahrheit."

„Nun, diesmal haben meine Freunde den Namen für mich ausgesucht. Sie wollten einen Namen, den sie sich merken konnten. Sie fanden Carver zu schwierig, aber Smith ist auch ein wenig schwer – auszusprechen. Lateinamerikaner mögen das ‚th' nicht."

Er stand auf, um noch zwei Whisky einzuschenken. „Ich sollte nicht so viel reden. Aber ich bin so verdammt lange allein gewesen."

„Wer sind deine Freunde?"

„Gute Kameraden. Ich versuche, ihnen zu helfen, wir

sehen uns aber möglichst selten. Wir arbeiten momentan an einer ganz großen Sache, und jeder arbeitet die meiste Zeit für sich allein. Mit Ausnahme derer, die wirklich kämpfen . . ."

„Um an die besagten Maultierzüge heranzukommen?"

„Genau – die Maultierzüge."

„Und hat Mr. Quigly etwas damit zu tun?"

„Halte Quigly da heraus. So weit würde ich ihm nicht vertrauen."

„Ich gewinne allmählich den Eindruck, daß bei euch keiner dem anderen traut. Warum seid ihr zwei Freunde?"

„Ich habe es dir doch gesagt – keine Freunde. Wir spielen beide ein Spiel. Ein ernsthaftes Spiel – wie Schach oder Backgammon. Wir tauschen Figuren aus – unwichtige Spielfiguren –, obwohl irgendwie natürlich alles einmal wichtig werden kann. Für seine Freunde oder meine. Mach schon. Trink deinen Whisky aus. Zeit, zu Bett zu gehen – aufs Sofa, meine ich. Ich will nur noch ein paar Zeilen an Liza hinzufügen. Es ist eine Gewohnheit, die ich niemals aufgeben möchte."

Ich legte mich nieder, schlief aber noch lange nicht ein. Ich lag da und beobachtete den Captain, der eine Zeile schrieb und dann innehielt, er war eher wie ein Kind bei einer schwierigen Schulaufgabe als wie ein Mann, der mit einer Frau korrespondierte, die er liebte, einer Frau, die tot war.

6

Es war die Erwähnung seines Flugzeugs, die mich am meisten beschäftigt hatte, und ich hoffte, ein Gespräch über das Flugzeug könnte den Moment hinauszögern helfen, in dem irgendein Zufall ihm zu erkennen geben würde, daß Liza gestorben war. Vielleicht konnte mir dabei sogar Mr. Quigly nützen. Als ich aufwachte, war der Captain schon wieder fort; er hatte nur eine kleine Notiz hinterlassen, um mir mitzuteilen, ich solle meine Mahlzeiten oder möglichst alles, was ich eventuell kaufen wolle, auf die Hotelrechnung setzen lassen. „Ich werde vor Einbruch der Dunkelheit zurück sein. Nur ein kurzer, fuliginöser Flug." Er hatte hundert Dollar in den Umschlag gesteckt, sie erinnerten mich an die mysteriösen Geldsendungen, die Liza erreichten, nachdem an der Haustür das Klingelzeichen ertönt war. Ich empfand keinerlei Dankbarkeit – ich war sogar wütend; ich hatte überhaupt nicht den Wunsch, sein Geld auszugeben. Ich wollte mir viel lieber auf irgendeine Weise selbst Geld verdienen, und sei es bei Mr. Quigly.

Ich hatte keine Adresse, auf der Visitenkarte stand nur seine Telefonnummer. Mich hatte sogar der falsche Gebrauch dieses absurden Wortes „fuliginös" irritiert.

In meiner Verärgerung bestellte ich mir telefonisch das denkbar üppigste Frühstück und ließ es zur Hälfte stehen. Anschließend begab ich mich nach unten in die Hotelhalle und sah Mr. Quigly aus einem Sessel neben der Tür aufstehen. „Oh, welch ein glücklicher Zufall", sagte er, „ich bin gerade hereingekommen, um mich ein wenig auszuruhen. In dieser Hitze . . . Ist Ihr Vater zu Hause?"

„Ein Hotel ist kein Zuhause", sagte ich. Ich war noch

immer schlechtester Laune. Ich fügte hinzu: „Er ist auf einen, wie er es nennt, kurzen Flug unterwegs."

„Ach ja, seine Flüge. Es ist ziemlich schwierig, ihn zu erwischen."

„Wollen sie ihn erwischen?"

„Oh, ich halte stets gern ein Schwätzchen mit ihm. Er hat so seine eigenen Ideen, die mich interessieren. Selbst wenn wir nicht einer Meinung sind."

Ich zeigte ihm die Notiz des Captain. „Was, um alles in der Welt, bedeutet ‚fuliginös'?" fragte Mr. Quigly.

„Ich habe es mal gewußt, aber wieder vergessen, und ein Lexikon trage ich nicht mit mir herum. Ein Lexikon würde ohnehin nicht weiterhelfen. Ich nehme an, ihm ist nur der Wortklang wichtig. Er gebraucht Wörter oft in einer falschen Bedeutung."

Ich erzählte Mr. Quigly die Geschichte, die der Teufel mir vom Kriegsgefangenenlager und vom zur Hälfte zerstörten Lexikon erzählt hatte. „Solche Wörter verwendet er beim Sprechen nicht oft, aber sie scheinen ihn zu überwältigen, wenn er schreibt."

„Wie einen Dichter?"

Dann aber überlegte ich plötzlich: Ist es möglich, daß ich diesen beunruhigenden Wunsch, Schriftsteller zu werden, irgendwie vom Captain geerbt habe? Vom Teufel oder von meiner Mutter mit Sicherheit nicht. Und mich überkam mit einem Mal eine gewisse Scham darüber, daß ich möglicherweise jemand an Quigly verriet, der in übertragenem Sinne mein Vater sein mochte. Glich ich in meinem Verlangen, Worte zu finden, nicht ein wenig dem Captain in seiner immerwährenden Suche nach den goldbepackten Maultieren?

Mr. Quigly unterbrach mich in meinen Gedanken: „Wissen Sie, ich hatte halbwegs vorgehabt, Sie aufzusuchen", sagte er. „Ich habe gestern mit meiner Zeitung Kontakt aufgenommen, man ist im Prinzip einverstanden" (er betonte das Wort Prinzip), „daß ich Sie als freischwebenden Reporter einstelle – für sechshundert Dollar im Monat, auszuzahlen jeweils am Ersten. Das Übereinkommen kann ohne Kündigungsfrist jederzeit von beiden Seiten beendet werden."

„Ich verstehe nicht. Für welche Tätigkeit?"

„Oh kleine Geschichten, die Ihnen wahrscheinlich über den Weg laufen werden und ans Ende einer Kolumne passen könnten. Manchmal muß ich für ein paar Tage fort, und dann würde ich Sie bitten, die Dinge im Auge zu behalten. An einem Ort wie diesem können sich ganz plötzlich Storys ergeben. Panama ist ein seltsames Land. Ein kleiner kapitalistischer Staat mit einem sozialistischen General, zweigeteilt durch die Amerikaner. Als Engländer können wir zwei die Schwierigkeiten verstehen, die hier eventuell entstehen werden. Es ist doch ganz so, als wäre England in Nord und Süd geteilt, mit den Amerikanern in der Mitte. Die Amerikaner können das Ressentiment nicht begreifen; sie bringen schließlich eine Menge Geld ins Land. Ohne sie wäre Panama arm; sie erwarten also, geliebt zu werden, statt dessen werden sie angefeindet. Geld macht Feinde wie Freunde."

Ich bemerkte nicht zum ersten Mal, daß manche Wörter („Amerikaner" war eins davon) bei ihm einen gewissen Yankee-Klang hatten. „Sie *sind* Engländer?" fragte ich.

„Sie können meinen Paß sehen", sagte er. „In Brighton geboren. Englischer geht's nicht."

„Es ist nur", entschuldigte ich mich – versuchte er etwa nicht, mir zu helfen? – „daß Ihr Akzent manchmal . . ."

„Ein atlantischer Akzent", gab er zu. „Sehen Sie, ich bin jahrelang in den Staaten gewesen, um mein Handwerk zu lernen."

„Ihr Handwerk?"

„Als Finanzkorrespondent. Deshalb bin ich jetzt hier – in einem Land mit einhundertdreiundzwanzig Banken und einem amtierenden sozialistischen General. Da könnte aus einem Finanzkorrespondenten im Handumdrehen ein politischer Korrespondent werden – oh ja, sogar ein Kriegsberichterstatter. Für den Fall wäre meiner Zeitung sehr gedient mit zwei Neutralen, die von hier berichten."

„Warum werben Sie nicht den Captain an? Er ist viel in der Welt herumgekommen."

„Welchen Captain?"

„So habe ich ihn immer genannt – ich meine meinen Vater."

„Oh, der hat schon genug zu tun – mit seinem eigenen Job, was immer der sein mag. Und mit seinem Flugzeug. Wissen Sie übrigens, wo er sein Flugzeug stehen hat?"

„Am Flughafen, nehme ich an?"

„Ja, wahrscheinlich. Es gibt selbstverständlich zwei Flughäfen. Den nationalen und den internationalen, und ich benutze im allgemeinen nur den internationalen."

„Sie möchten also, daß ich ihn danach frage?"

„Nein, nein, ist schon gut. Es war bloß Neugier. Nun ja, um ehrlich zu sein, nicht bloße Neugier. Bei meinem Handwerk kann es immer mal vorkommen, daß ich plötzlich eine kleine Maschine brauche. Ich zahle gut – ich meine selbstverständlich, meine Zeitung zahlt gut, und es gibt in der Gegend hier leider nur wenige Privatmaschinen."

„Haben sie ihn gefragt?"

„Ich werde ihn bestimmt fragen, wenn es wirklich einmal notwendig werden sollte, und ich bin mir fast sicher, daß er mir stets gern behilflich wäre. Schließlich ist er Engländer wie ich, und in dieser Ecke der Welt würde ich einem Engländer mehr vertrauen als einem Yankee."

„Warum? Sie arbeiten doch für Yankees."

„Oh, ich meine ja nicht die Leute bei meiner Zeitung, aber hierzulande ist Journalismus kein einfaches Geschäft. Eine gute Story kann manchmal nicht ungefährlich sein. Es gibt da vielleicht Leute, denen gar nichts daran liegt, daß sie publiziert wird, so daß es in gewissem Sinne beruhigend wäre, einen zweiten Engländer zu haben . . ."

Unser Gespräch schien sich „in gewissem Sinne" im Kreis zu drehen, und ich stellte fest, daß ich aus irgendeinem Grund nicht ein einziges Wort von dem glaubte, was er sagte. Mr. Quigly muß mein Mißtrauen wohl bemerkt haben. Er meinte: „Ich erzähle Ihnen da eine Menge Unsinn, statt mich um meine eigentlichen Aufgaben zu kümmern. Ich habe heute noch viel zu erledigen."

„Und welches sind Ihre Aufgaben heute?"

„Eine Story natürlich, es geht immer um eine Story. Wenn man ihnen nicht fast wöchentlich eine neue Story liefert, haben sie das Gefühl, man sei sein Gehalt nicht wert. Ich muß zugeben, manchmal tut man gut dran, eine Story zu erfinden."

Ich konnte solche Überlegungen gut verstehen; hatte ich mir auf die Weise nicht meinen ersten Job verschafft? Vielleicht war dies das erste Mal, daß ich ein gewisses Zusammengehen mit Quigly für möglich hielt. Ich hätte ihm gern geholfen – wenn er sich doch nur konkreter ausgedrückt hätte. Ich tat einen Schritt auf den Empfang zu, um meinen Schlüssel abzugeben, und ich hörte hinter mir seine Stimme: „Also, ich bin auf dem Sprung. Bis bald“, und als ich mich umdrehte, war er bereits fort, als hätte er sich aufgelöst, wenn auch nicht gerade in dünne Luft; denn in Panama ist die Luft vor dem Regen täglich feucht und drückend.

7

„Ich muß dir etwas zeigen“, sagte mir der Captain. Er hatte sich beim Rasieren geschnitten und beugte sich zum Spiegel vor, um die Wunde zu untersuchen. Ich fühlte mich an jene Jahre zurückliegende Begebenheit erinnert, als er sich beim Abrasieren seines Bartes aufgeschlitzt hatte.

„Du hättest deinen alten Bart behalten sollen“, sagte ich, „dann müßtest du dich jetzt nicht rasieren.“

„Das ist eine Ewigkeit her, und außerdem mochte Liza den Bart nicht. Gleich bei meiner Rückkehr hat sie damals gesagt, ich sähe ganz anders aus, ich sei für sie wie ein Unbekannter.“

„Ich glaube nicht, daß es der Bart war, der sie gestört hat.“

„Ich glaube, da hast du recht. Aber ich bin überrascht, daß dir das in deinem Alter damals aufgefallen ist.“

„Sie hat befürchtet, ohne Bart würde die Polizei dich schnappen. Falls du ihn abrasiertest.“

„Wieder richtig. Aber jetzt liegen die Dinge völlig anders. Ich habe es nicht mit englischen Bullen zu tun. Die sind nur einfache Dinge wie einen Mord oder einen Juwelendiebstahl gewöhnt. Hier läßt sich niemand durch einen Bart täuschen – auch nicht durch einen anderen Haarschnitt. Ich muß hier viel vorsichtiger sein. Hier hat alles mit Politik zu tun." Der Captain wandte sich vom Spiegel ab und sagte: „Gott sei Dank besteht hier nicht die Gefahr, daß ich ins Gefängnis kommen könnte. Hier bin ich nur in Lebensgefahr."

„Du großer Gott! Aber wieso denn?"

„Aber weshalb sollte einen der Tod beunruhigen? Der Tod ist sowieso unvermeidlich, worüber soll ich mich also aufregen? Und wenn alles gutgeht, lasse ich Liza bei meinem Abtreten am Ende als reiche Frau zurück."

„Sie wollte nie reich sein."

„Oh, vergiß das Wort reich. Ich möchte Sicherheit für sie, das ist alles – für den Fall, daß mir etwas passiert."

Mir sank jedesmal das Herz, wenn er von Liza sprach; denn eines Tages würde er erfahren müssen, daß sie tot war. Ich bereute es wieder einmal, ihm nicht gleich zu Beginn von ihrem Tod berichtet zu haben.

„Es geht hier für mich um viel mehr", fuhr er zwischen Strichen seines Rasierapparates fort, „als um Juwelen für lächerliche paar tausend Pfund, also sind natürlich auch die Risiken viel höher. Zumindest für Leute, die den Tod schlimmer finden als Gefängnis. Aber ich weiß, wie's im Gefängnis ist. Mir hat die Haft während des Krieges gereicht. Verdammt nochmal, ich habe mich schon wieder geschnitten. Gib mir den Blutstiller. Also, aus diesem deutschen Gefangenenlager wäre ich nie herausgekommen, wenn mir Gefängnis lieber gewesen wäre als Tod."

„Die Geschichte ist also wahr?" sagte ich.

„Natürlich ist sie wahr. Wieso?"

„Mein Vater hat gemeint, viele von deinen Geschichten seien gelogen."

„Oh, es ist der Teufel gewesen, der immer so gern log, nicht ich. Und ich habe dich wirklich beim Backgammon gewonnen und nicht bei einer Schachpartie."

„Und wie steht es mit dieser Geschichte von der Flucht über die Pyrenäen und von den spanischen Mönchen?"

„Hätte ich dir sonst dein bißchen Spanisch beibringen können? Und wie hätte ich hier zurechtkommen sollen?"

„Und die Maultiere?"

„Heute", sagte er und wandte sich feierlich vom Spiegel ab und hob seinen Rasierapparat in die Höhe wie ein Priester die Hostie, „werde ich dir eins der Maultiere in seinem Stall zeigen. Du und ich, wir beide werden die einzigen sein, die wissen, wo sich der Stall befindet – außer natürlich einige wenige meiner wirklichen Freunde, die mich hoffentlich nie betrügen werden." Er wischte den Rasierapparat ab und drehte sich wieder zu mir um. „Es ist ein großes Geheimnis", sagte er. „Du *bist* doch ein wirklicher Freund, nicht wahr?"

Kann man mich denn dafür verurteilen, daß ich ihm antwortete: „Ja, natürlich"? Wenn er nicht mein Freund war, wen hatte ich denn im wahrsten Sinn des Wortes jetzt auf der ganzen Welt als Freund, nachdem Liza gestorben war?

8

Wir nahmen den Wagen des Captain – einen nicht sehr teueren Renault – und fuhren aus der Stadt hinaus, fort von den Banken und den Slums, ohne kontrolliert zu werden, in die amerikanische Zone hinein, an all den Golfern, den Kasernen und den Kirchen vorbei. Der Captain nannte einige der Kirchen, während wir vorüberfuhren – die Coco Solo Community Church, die Cross Roads Bible Church, die Nazarenerkirche, die der Heiligen der letzten Tage, die Four Square Gospel –, „es gibt mehr als sechzig“, sagte er und bestätigte damit Pablos Angaben, „wenn auch nicht so viele wie Banken.“

„Coco Solo“, protestierte ich beim Gedanken an Coca Cola, „das mußt du erfunden haben!“

„Erfunden bestimmt nicht, aber vielleicht habe ich auf das falsche Gebäude gezeigt. Es könnte auch den Zeugen Jehovas oder den Adventisten gehören. Ein frommes Volk, diese Yankees. Ich habe vergessen, dir die Argosy Buchhandlung zu zeigen. Sie ist wirklich einmalig; die einzige Buchhandlung in der Zone. Bei so viel Religion, ganz zu schweigen von ihren militärischen Verpflichtungen, haben die Amerikaner zum Lesen selbstverständlich wenig Zeit.“

Wir verließen die Zone so unkontrolliert, wie wir sie betreten hatten, und bogen ab – nach Norden, wollte ich gerade schreiben, doch Punkte auf dem Kompaß könnten in Panama sogar einen Geographen verwirren. Wer würde beispielsweise vermuten, daß der Kanal vom Atlantik zum Pazifik mehr oder weniger in West-Ost-Richtung fließt? Von unserer ganzen Fahrt kann ich mich heute lediglich noch an eine große Reklamewand erinnern, die an der Strecke stand, auf der wir fuhren;

sie zeigte den Plan einer Stadt, die offenbar eines Tages von der Bank of Boston gebaut werden sollte, aber noch nicht begonnen worden war. Es gab da nur eine Reihe leichter Pfosten zu beiden Seiten zementierter Straßen, die außer zu einer Gruppe von Hütten am Rande des Pazifik nirgendwo hinführten.

„Hier", sagte der Captain, „biegen wir nach rechts ab – und ich hätte gern, daß du vergißt, wo wir uns befinden", fügte er rasch hinzu, als der Wagen über einen Graben zwischen ein Gestrüpp von Gras und schulterhohen Büschen holperte, von wo aus wir auf eine kurze Startbahn gelangten, die selbst für meinen laienhaften Blick stark abgenutzt wirkte.

„Da ist sie", verkündete der Captain mit unverhohlenem Stolz, als er den Wagen anhielt und auf eine kleine Maschine wies, die auf dem unebenen Boden abgestellt war.

„Sie sieht ein wenig alt aus", bemerkte ich.

„Dreizehn Jahre. Aber sie fliegt noch sicher genug. Wenn sie sie nur in Ruhe lassen." Er schwieg eine Weile, und ich dachte, er grübele vielleicht über „sie", wer immer „sie" sein mochten, aber ich hatte mich geirrt. Er brach das Schweigen. „Du darfst sie aber nicht erwähnen, wenn du ihr schreibst."

Ich fühlte mich verwirrt von all den „sies" und „ihrs". Ich fragte: „Wen erwähnen?"

„Die Maschine natürlich. Sie würde sich Sorgen machen."

Kann sich eine Maschine Sorgen machen? fragte ich mich.

Er blieb eine Weile schweigend hinter dem Lenkrad sitzen, und ich hatte Angst, das Schweigen zu brechen; in meiner Situation war Schweigen sicherer als Reden.

Schließlich sagte er: „Sie wird schon in Ordnung sein."

„Der Arzt hat gesagt ..." begann ich, merkte dann aber, daß er diesmal nicht Liza, sondern die Maschine meinte. Glücklicherweise schien er meine Worte nicht gehört zu haben, jene gefährlichen Worte, die die Tür hätten öffnen und die Wahrheit hereinlassen können. Er sagte: „Ich checke sie nach jedem Flug durch. Nicht, daß ich Angst hätte, mit ihr könnte etwas nicht stimmen, aber ich kann es nicht riskieren, die anderen im Stich zu lassen."

„Die anderen?"

Er hörte mir nicht zu; seine Gedanken hatten bereits eine andere Richtung genommen. „Du hast ihr geschrieben und ihr mitgeteilt, daß du hier sicher angekommen bist?"

„Oh ja, ich habe ihr geschrieben", sagte ich; dieses Mal hatte er ganz offensichtlich nicht von der Maschine gesprochen.

„Wann hast du Fliegen gelernt?" fragte ich ihn.

„Als ich nach England heimkehrte. Ich hatte die Nase voll von der verdammten Infanterie, aber dann, gerade als ich meine Prüfungen gemacht hatte, ging der Krieg zu Ende. Ich bin nie richtig geflogen. Ich habe nie geglaubt, daß ich es noch einmal gebrauchen könnte. Bis ich hier ankam. In dieser Gegend brauche ich ein Flugzeug."

„Wozu?"

„Um meinen Freunden wirklich helfen zu können. Sie waren auf ein Flugzeug angewiesen. Für den Transport von Dingen, die sie dringend benötigten, an Stellen, die über Straßen nicht erreichbar waren. Möchtest du einen kurzen Flug machen?"

Als ich die dreizehn Jahre alte, gebrauchte Maschine betrachtete, hätte ich am liebsten „nein“ gesagt, fand dazu aber nicht den Mut und nickte statt dessen.

Mit jedem Schritt, der uns der Maschine näher brachte, kam sie mir älter und zerbrechlicher vor. Außer dem Piloten bot sie höchstens drei Menschen Platz. Als wir sie erreicht hatten, blieb der Captain stehen und trat einen Schritt zurück. Er blickte das Flugzeug mit einer Ehrfurcht an, als wäre es etwas Heiliges, das seine Gebete erfüllen könnte, oder wie ein Mann eine Frau ansehen mag, die an seiner Seite alt geworden ist und wegen ihrer geschickten Art und Weise, mit der Vergänglichkeit fertigzuwerden, seiner Verehrung immer noch gewiß sein kann. Er sagte: „Weißt du, was ich gern mit der Maschine gemacht hätte?“

„Nein. Was?“

„Ich hätte ihr gern die Flügel bemalt, so wie man hier die Busse bemalt. Du hast sie auf der Straße vorbeifahren sehen mit ihren farbigen Landschaften, sogar mit Madonnen, zu denen man beten könnte. Nicht daß ich gläubig wäre, aber ich denke nur daran, wie hübsch sie aussähe.“

„Warum bemalst du sie dann nicht?“

„Oh, es wäre absolut unratsam. Man könnte sie dann zu leicht identifizieren. Eines Tages, wenn ich mich von all dem hier zurückziehe und sie nicht mehr für die Arbeit brauche, werde ich sie vielleicht anmalen. Ich kann Liza schon vor mir sehen, wie sie da oben im Pilotensitz sitzt und auf die gemalten Bäume auf den Tragflächen herabschaut, oder wie sie hier unten neben uns steht und für uns zur Madonna betet. Auf die eine Tragfläche würde ich eine Landschaft malen und auf die andere eine Madonna.“

„Du hast zurückziehen gesagt – wovon willst du dich zurückziehen?“ Aber auf die Frage gab er mir keine Antwort.

„Wir könnten einen kleinen Flug zusammen machen, nur so zum Spaß“, schlug er vor. „Es ist niemand in der Nähe, der uns starten sehen könnte.“ Und all meinen Befürchtungen zum Trotz hoben wir nach vielen heftigen Stößen am Ende ab.

Ich werde unseren Flug in deutlicher Erinnerung behalten – viel deutlicher als die Ereignisse, die ich früher aufgezeichnet habe und die durch ihr Beiwerk an Phantasie häufig entstellt sind. Schweigend flogen wir über den Wäldern von Darién, der tiefgrüne Teppich unter uns zog sich hin, ohne auch nur den kleinsten Riß zu zeigen. Einmal nickte der Captain mit dem Kopf – nach Osten? Westen? Süden? unmöglich zu sagen in der unklaren Geographie Panamas –, und bemerkte: „Da drüben siehst du Kolumbien. Wo alles angefangen hat.“ Aber ich hatte keine Ahnung, was er mit „alles“ meinte.

Wir erreichten den Atlantik, zogen eine Schleife und flogen tief über ein kleines Dorf am Meer hinweg. „Nombre de Dios“, erklärte mir der Captain. Ich sah eine alte Kanone unten im Gras und Dorfbewohner, die sich hektisch in Sicherheit brachten; sie waren Flugzeuge wohl nicht gewohnt, dort hätte nämlich nur ein Hubschrauber landen können.

„Wo Drake begraben liegt?“

„Nein. Sein Leichnam liegt weiter oben vor Portobello.“

„Aber es gibt ein Gedicht, das ich in der Schule gelernt habe. ‚Geschleudert von der Salve, liegt er in Nombre de Dios Bucht.‘“

„Dichter nehmen es nie so genau. Drake ruht tief unten im Wasser vor Portobello, nahe der Stelle, wo die Spanier ihr Gold horteten."

Wir flogen zurück, dem Pazifik zu, und sprachen lange kein einziges Wort. Ich fragte mich, wohin wohl seine Gedanken wanderten; als wir jedoch zum Landeflug ansetzten, erfuhr ich zumindest die Richtung, die sie eingeschlagen hatten, und es war eine für mich äußerst gefährliche Richtung.

Die Ruinen kamen in Sicht, als er erstmals wieder sprach. „Ich mache mir Sorgen um Liza. Von ihr hätte ein Brief eintreffen müssen."

„Die Post braucht lang bis nach Panama."

„Nicht *so* lange. Manchmal vielleicht zwei Wochen. Falls etwas schiefgegangen sein sollte – haben sie meine Adresse?"

Ich zögerte. „Wen meinst du mit ‚sie'?"

„Die Ärzte natürlich, die Schwestern."

Wir überflogen die große Bridge of the Americas. Ein Gewirr von Schiffen wartete auf Einfahrt in den Kanal. „Doch", sagte ich ihm. „Sie ist ihnen bekannt." Apt. soundso, dachte ich, an die Nummer konnte ich mich nicht mehr erinnern.

Ich merkte, daß das Gebäude aus Lügen, das ich so unbekümmert errichtet hatte, bedrohlich ins Schwanken geriet. Ich sagte: „Wenn du willst, werde ich einem Freund telegraphieren, der sich erkundigen könnte."

„Ja, tu das."

Ich hatte nur dummerweise keinen Freund, der genügend Bescheid wußte, um mir bei meinem Täuschungsmanöver zu helfen. Mir kam es sogar in den Sinn, Mr. Quigly um Hilfe zu bitten. Ich kämpfte um Zeitaufschub, um Zeit, mich irgendwie aus meiner Abhängigkeit vom Captain zu befreien.

Die Maschine holperte über die unebene Grasbahn ihres Verstecks, bevor er wieder sprach. „Tu es rasch. Mach es sofort. Sobald du im Hotel bist."

„Ich werde sofort zur Post gehen."

„Das ist nicht nötig. Dort muß man dauernd anstehen. Gib das Telegramm im Hotel auf."

Mein Zorn wuchs – die Wut über die eigene Feigheit. Während des ganzen Weges zum Hotel rumorte der Ärger mir im Magen, wie es in einem Kessel über der Gasflamme rumort, wenn sich das Wasser dem Siedepunkt nähert. Ich spürte sein mangelndes Vertrauen, und daß ich selbst genau wußte, wie wenig er mir vertrauen konnte, machte mich nur noch wütender. Warum sollte er mir eigentlich vertrauen können? fragte ich mich zur eigenen Verteidigung. Verdiente denn ein Mann, der wegen seines Tuns daheim oft von der Polizei gesucht worden war und der in diesem merkwürdigen Land von Banken und Elend jetzt in weiß Gott welche kriminellen Machenschaften verwickelt war, auch nur das geringste Vertrauen?

Im Hotel führte er mich zum Schalter, verlangte ein Formular, und dann stand er über mich gebeugt, während ich das Telegramm aufzusetzen versuchte. Ich glaubte, mich auf die englische Post insoweit verlassen zu können, daß sie ein unzustellbares Telegramm nicht den ganzen Weg nach Panama zurückschicken würde. Aber welchen Namen sollte ich einsetzen? Mir schossen zunächst sämtliche Decknamen des Captain durch den Kopf und blockierten mir die Phantasie: Victor, Carver, Cardigan, Smith . . .

Der Captain wurde ungeduldig: „Du kennst doch sicherlich jemand? Hast du in London keine Freunde?"

„Browne", trug ich ein, als mir sein eigener, ursprünglicher Name einfiel, Browne mit einem E am Ende schien den Namen plausibler zu machen. Ich ergänzte Hausnummer und Straße meiner Studiowohnung. In der Mitteilung wurde „Browne“ gebeten, das Krankenhaus anzurufen und mir über Lizas Gesundheitszustand eine Nachricht im Hotel zukommen zu lassen. Der Captain schaute mir immer noch über die Schulter, und ich fragte mit unverhohlener Verärgerung: „Reicht das etwa nicht?“

„Doch, ich glaube schon. Es könnte ein wenig epidermaler sein.“ Dieses Wort enthielt für ihn eine Fülle von mir unbekannten Bedeutungen.

Wir begaben uns nach oben, aufs Zimmer, zu unserer unvermeidlichen Abendzeremonie, die damit begann, daß wir dem Zimmerkühlschrank die Mini-Whiskyflaschen entnahmen.

„Ich muß meinen Brief an Liza abschließen“, sagte er zu mir, und beim Geschmack des Whiskys verließ mich für einen Augenblick meine Vorsicht.

„Hoffentlich wird sie ihn lesen können“, sagte ich und überlegte, wie ich ihm das Ausbleiben der Briefe erklären könnte.

Seine Hand zitterte so stark, daß er sein Glas umstieß. „Was, um alles in der Welt, willst du damit sagen? Du hast mir gesagt, es sei nur ein kleiner Unfall gewesen.“

„Ja, ja, er schien unbedeutend.“

„Was meinst du mit *schien?*“

Ich versuchte zu korrigieren. „Nun, du verstehst schon, der Schock . . . In einem gewissen Alter . . .“

„Sie ist nicht alt“, unterbrach er mich in einem Anflug von wilder Empörung, und ich spürte daß für ihn, in *seinem* Alter, das hohe Alter selbstverständlich im Grunde erst ziemlich jenseits seiner eigenen Jahre begann und daß zudem all die Jahre der Trennung für ihn wahrscheinlich überhaupt nicht existierten.

„Nein, nein, das habe ich nicht gemeint."

Aber der Zorn in mir wuchs. Schließlich schützte ich nicht nur mich selbst, ich schützte *ihn* vor der Wahrheit, aber wenn er die Wahrheit wissen wollte . . .

Er sagte: „Wenn es Liza schlechter geht, als du mir bisher gesagt hast, hättest du sie dort nicht allein lassen dürfen."

„Sie wollte, daß ich herkomme. Sie hat mich gebeten zu fahren."

„Sie hat an mich gedacht. An sich selbst denkt sie nie. Du hättest nicht kommen dürfen."

„Wenn du mich hier nicht haben willst . . ." Ich hatte keine Ahnung, wie ich den Satz zu Ende bringen sollte, aber er beendete ihn für mich.

„Du mußt zurück. Sofort. Ich besorge dir morgen dein Ticket. Am Tag darauf geht ein Flugzeug."

„Und wenn ich nicht will?"

„Ich werde dir keinen Pfennig geben, wenn du bleibst. Dein Platz ist bei Liza."

„Ich brauche dein Geld nicht. Man hat mir einen Job angeboten."

„Einen Job!" rief er so ungläubig aus, als hätte ich gesagt: ein Vermögen. „Wer?"

„Einer von deinen Freunden."

„Du kennst keinen einzigen meiner Freunde."

„Mr. Quigly."

Er trat einen Schritt auf mich zu, und ich glaubte, er hätte vor, mich zu schlagen. Ich wich zurück zur Tür und schleuderte ihm die Wahrheit entgegen wie ein Glas Säure: „Es gibt niemand, zu dem ich zurück könnte. Liza ist tot."

9

Ich wartete es gar nicht erst ab, sein verzweifeltes Gesicht zu sehen. Ich spürte kein Verlangen, mit diesem Mann Mitleid zu empfinden, und so machte ich mich rasch auf den Weg zur Treppe und wartete für den Fall, daß er hinter mir herkäme, nicht einmal auf den Lift. Ich hatte vor ihm Angst, aber ich hatte keinerlei Schuldgefühle, als ich vier Treppen hinunterhastete, und ich war froh, als im achten Stock eine Lifttür offenstand. Was er für mich getan hatte, mit Ausnahme jenes weit zurückliegenden Tages in der Schule, hatte er nur Liza zuliebe getan. Ich war ihm zu nichts verpflichtet. Ich hatte ihn angelogen, um meine Unabhängigkeit zu gewinnen, aber wie oft hatte er selbst gelogen, um unabhängig zu sein, falls er jetzt wirklich unabhängig war?

In der Halle griff ich zum Telefon und wählte erstmals die Nummer, die ich von Mr. Quigly bekommen hatte, es meldete sich jedoch eine unbekannte Stimme mit einem echten Yankee-Tonfall.

„Ist Mr. Quigly zu sprechen?“

„Wer spricht da?“

„Smith – Jim Smith.“

Eine Pause. Dann war da wieder diese Stimme, eine unfreundliche Stimme, dachte ich, ganz als hätte ich sie in einem intimen Gespräch gestört. „Er sagt, er wird Sie morgen früh anrufen.“

Ich drängte: „Kann ich ihn nicht sprechen, wenn er da ist? Sagen Sie ihm, bitte, es sei dringend.“

Nach einer neuerlichen, längeren Pause war Mr. Quigly am Apparat. „Was ist denn los, Mr. Smith?“

„Hier ist nicht Mr. Smith. Hier spricht Jim.“

„Jim?“

„Sein Sohn.“ Unsere Beziehungen wurden mit jedem Augenblick komplexer.

„Ach, Sie sind's.“

„Ja, ich bin's.“

„Was gibt es denn Dringendes?“

„Das kann ich Ihnen am Telefon nicht sagen. Kann ich zu Ihnen kommen? Ich habe aber Ihre Adresse nicht.“

„Hier kann ich Sie schwerlich empfangen. Warten Sie einen Moment. Lassen Sie mich nachdenken. Kommen Sie ins Restaurant, in einer Viertelstunde. Das mit den Pisco Sour. Dort können wir ungestört sprechen.“

Ich legte den Hörer auf und ging hinaus in die Nacht, unsicher des Weges, unsicher meiner Zukunft. Ringsum ragten wie riesige Grabsteine die Banken empor, nur die untersten Stockwerke waren von den kleinen Häusern der Reichen her beleuchtet, die dazwischen standen. Ich bog mehrmals falsch ab, immer in Angst, mich plötzlich in dem anderen Panama wiederzufinden, dem Panama von Dreck, Armut und Drogen, oder beim Überqueren einer Straße in ein völlig anderes Land, in die Vereinigten Staaten von Amerika, zu geraten. Und an den Namen des Restaurants konnte ich mich auch nicht erinnern. Es waren kaum Taxen unterwegs, Taxistände gab's nirgends, und unseren Treffpunkt fand ich am Ende nur, weil ich mehreren Passanten die Wörter „Restaurant“ und „Peru“ wiederholt vorsagte.

Mr. Quigly war noch nicht da. Von dem Rest des Geldes, das Liza mir gegeben hatte, gönnte ich mir einen Pisco Sour und wartete ungeduldig und voller Besorgnis. Das Restaurant war fast leer, und auf den Straßen, vor denen Pablo mich wegen der vielen Überfälle gewarnt hatte, waren nur wenige Menschen zu sehen. Obwohl ich an meinem Pisco Sour nur von Zeit zu Zeit nippte, war mein Glas leer, lange bevor ein Taxi vorfuhr und Mr. Quigly in der Tür auftauchte. Der Pisco Sour hatte sich nicht gut mit dem Whisky in meinem Magen vertragen, Mr. Quigly schien mir schmaler als je zuvor.

„Es tut mir leid, daß ich mich etwas verspätet habe", entschuldigte er sich. „In meiner Berufssparte muß man immer damit rechnen, daß sich etwas Unerwartetes ereignet." Er schien seine Worte mit der umständlichen Bemühtheit des Leitartiklers einer seriösen Zeitung zu wählen. „Wie ich sehe, haben Sie einen Pisco Sour getrunken. Darf ich Sie zu einem zweiten einladen?"

„Es war ein Fehler", sagte ich. „Er verträgt sich nicht mit Whisky."

„Gut, also einen Whisky. Und für mich vielleicht auch einen. Ich habe einen langen, trockenen Abend hinter mir."

Ich sagte: „Danke, ich möchte nichts trinken. Ich wollte Ihnen sagen, daß ich mich am Ende doch mit dem Captain zerstritten habe."

„Mit dem Captain?"

„Mit dem Mann, den Sie Smith nennen."

Darauf reagierte Mr. Quigly eine Zeitlang nicht. Er schien in Gedanken versunken, und als er reagierte, geschah es in vorwurfsvollem Ton. „War das wirklich notwendig?"

„Er hat mein Ticket für den Rückflug bestellt. Er will, daß ich die nächstmögliche Maschine nehme."

„Und Sie?"

„Ich will nicht. Ich habe ihm gesagt, daß Sie mir einen Job angeboten haben."

„Und was hat er dazu gemeint?"

„Er war wütend. Ich bekam es mit der Angst. Ich bin fortgegangen.“

Mr. Quigly schien erneut in Gedanken zu versinken. Er war, wie ich inzwischen erkannte hatte, kein impulsiver Mensch. Vielleicht überprüfte er irgendwelche Zahlen, wie er es am Flughafen getan hatte: nicht zehn, sondern zwölf. Schließlich meinte er: „Ich muß gestehen, ich bin ziemlich ratlos. Warum war er so verärgert? Was die Erwähnung des Jobs betrifft, so sind Sie wohl ein wenig voreilig gewesen. Wir haben ja noch nichts fest vereinbart. Er ist schließlich Ihr Vater. Er hat ein Recht . . .“

„Aber er ist nicht mein Vater. Er hat mich beim Backgammon gewonnen – oder bei einem Schachspiel. Der Teufel behauptet, es sei Schach gewesen.“

„Wer, um Himmels willen, ist der Teufel?“

„Mein richtiger Vater.“

„Ach du liebe Güte“, sagte Mr. Quigly. „Ich glaube, Sie müßten mir gewisse Dinge ein bißchen genauer erklären, bevor wir uns wegen des Jobs einigen können. Die letzte Entscheidung liegt nicht bei mir, verstehen Sie. Da gibt es andere Leute, die ich überzeugen muß.“

Also erzählte ich ihm so knapp wie möglich die Geschichte von mir, von Liza und unserem Leben mit dem Captain und von seinem häufigen Verschwinden und von seinen Namensänderungen. Ich berichtete ihm auch von Lizas Tod und davon, daß ich den Captain belogen hatte.

Als ich geendet hatte, überraschte mich sein Kommentar. „Mann, das ist ja eine richtige Liebesgeschichte.“

„Mit der Liebe bin ich mir nicht so sicher“, sagte ich.

„Nun ja, zumindest schienen sie einander – wie soll ich mich ausdrücken – gebraucht zu haben. Ich meine, das könnte man Liebe nennen." Mr. Quigly sprach wie jemand, der auf diesem Gebiet so wenig Erfahrung besaß wie ich selbst und sich aufs Hörensagen verlassen mußte. „Wie hat er es Ihrer Meinung nach geschafft, für Sie beide aufkommen zu können? Ein alleinstehender Mann, der sich eine Familie aufhalst. Das ist gar keine leichte Sache."

„Wir haben eigentlich nie genau gewußt, was er machte, nur hat sich die Polizei anscheinend dauernd für ihn interessiert."

„Darüber habe ich mir oft Gedanken gemacht", sagte Mr. Quigly. „Er scheint hier mit seinem Flugzeug eine Menge Geld zu verdienen. Mit Charterflügen, nehme ich an. Aber was transportiert er? Nun, ich denke, die Antwort darauf kenne ich. Aber wie hat er sich erst einmal ein Flugzeug verschaffen können?"

„Er sagte mir, in Kolumbien hätte alles angefangen."

„Ja, ich habe da irgend etwas von einem meiner Kollegen in Caracas gehört. Vermutlich mit Rauschgift. Nichts Ernsthaftes, könnte ich mir vorstellen. Keine harten Drogen. Nur Marihuana. Babystoff. Und von dem Handel, denke ich, hat er die Finger bald gelassen und ist hierher geflogen. Möglicherweise war es zu gefährlich oder vielleicht hat ihn sein Gewissen . . . Hat er ein Gewissen? Ist ja ganz gleich, ich bezweifle jedenfalls, daß er sein Flugzeug je bezahlt hat, denn ich weiß zufällig – von meinem Kollegen –, daß es ganz in der Nähe ein Land gibt, in das er nie wieder zurückgekehrt ist, nämlich Kolumbien. Ich denke, daß er dort eventuell von seinen alten Kameraden gesucht wird."

„Sie scheinen eine Menge zu wissen. Ich dachte, sie wären nur Finanzkorrespondent."

Mr. Quigly stieß sein abruptes, kurzes Kichern aus,

ein Kichern, das so dünn wirkte wie er selbst. Es war völlig humorlos, oder falls Mr. Quigly Humor haben sollte, so war sein Humor so knapp und einzwängend wie seine Hosen.

„Finanzen", sagte er, „spielen in alles hinein. In Politik, Kriege, Ehe, Verbrechen, Ehebruch. Auf dieser Welt hat alles mit Geld zu tun. Selbst die Religion. Der Priester muß sich Brot und Wein kaufen, und der Kriminelle seine Kanone – oder sein Flugzeug."

„Sie glauben aber, daß er mit Rauschgift nichts mehr zu tun hat?"

„Da bin ich mir sicher. Im Falle von Drogenhandel stünde er nicht unter dem Schutz von Oberst Martinez, und er *steht* unter seinem Schutz."

„Wer ist dieser Oberst Martinez?"

„Also, das läßt sich schwer genau sagen. Ein wichtiger Offizier der Nationalgarde."

„Stehen Sie unter Schutz?"

„Unter Schutz stehe ich, soweit ich das sagen kann, eigentlich nicht, aber man ist hier natürlich an mir interessiert. Sehen Sie, ich arbeite für eine amerikanische Zeitung ... Allem Amerikanischen aber steht man hier mißtrauisch gegenüber."

„Wozu kann ein altes Flugzeug wie das des Captain gut sein?"

„Oh, er kann selbstverständlich keine schweren Sachen transportieren, aber die schweren Sachen, die fehlen den Guerillas ja auch nicht."

„Guerillas? In Panama?"

„Nein, nein, nicht in Panama, aber Sie kennen doch das Sprichwort: ‚Die Feinde meiner Feinde sind meine Freunde.' Die Leute hier hassen die amerikanische Zone. In Nikaragua kämpfen Guerillas gegen Somoza, und in

Salvador kämpfen sie gegen die Todesschwadronen – und beide, Somoza und die Todesschwadronen, werden von den Vereinigten Staaten unterstützt."

„Und was haben Sie mit all dem zu tun?"

„Ich hab's Ihnen doch gesagt. Ich bin lediglich Finanzkorrespondent. Ich arbeite für keine sehr bedeutende Zeitung, aber meine Informationen sind sicherlich sogar im *Wall Street Journal* zu lesen. Natürlich, ich bin Engländer. Ich bin neutral, aber Nachrichten sind Nachrichten. Das gilt sogar für Nachrichten über Kleinzeug. Sehen Sie, irgendwo muß das Kleinzeug gekauft werden. Die Yankees behaupten natürlich, es käme aus Rußland oder aus Kuba. Wer einen Diktator bekämpft, den sie in der Hand haben, ist für sie ein Kommunist. Das ist eine brauchbare Methode, um diese Dinge einer breiten Öffentlichketi klarzumachen, und vielleicht haben sie ja recht. Für die Amerikaner wäre es nicht opportun zuzugeben, daß das befreundete Israel möglicherweise bereit wäre, ihren Freunden, den Diktatoren, ein paar Panzer zu liefern. Aus finanziellen Interessen, verstehen Sie, finanzielle Interessen spielen in alles hinein. Ich bin Finanzkorrespondent, ich brauche Informationen."

Ich war von Mr. Quigly überrascht. Bei allen Ausflüchten und Abstraktionen war er diesmal bemerkenswert offen.

„Und Sie sind bereit, mir einen Job zu geben?" forderte ich ihn heraus.

„Gegen eine geringe Pauschale, würde ich einmal sagen, bis ich mit meinem Verleger gesprochen habe. Was halten Sie von einem weiteren Whisky?"

Ich stimmte zu, denn der Whisky hatte Mr. Quigly die Zunge gelöst. Er hielt diesen Whisky in der Hand, ohne auch nur davon zu nippen. Er blickte tief in sein

Glas, wie ein Medium, das in der Kristallkugel nach einem Symbol sucht. Schließlich – möglicherweise hatte er das gesuchte Symbol entdeckt – sagte er: „Ich betrachte Ihren Vater, ich meine Mr. Smith, oder wie immer Sie ihn nennen, den Captain, als einen Freund, den ich gern besser kennen möchte. Indem ich Ihnen half, hoffte ich, vielleicht, indirekt ihm zu helfen. Es macht mich wirklich recht unglücklich zu erfahren, daß Sie sich mit ihm gestritten haben." Er fügte mit unerwartet plumper Offenheit hinzu: „Schließlich steckt er genauso wie ich des Geldes wegen in der Sache, und es hätte sich leicht ergeben können, daß wir zusammenarbeiten. Wenn man den Dingen auf den Grund geht, ist alles nur eine Frage finanzieller Interessen. Meine Freunde könnten ihm eine Menge mehr zahlen als die Guerillas. Haben Sie sein Flugzeug gesehen?"

„Er hat mit mir einen Rundflug gemacht."

„Ich habe mich immer gefragt, wo er's stehen hat. Vielleicht können Sie mir einen Tip geben."

Ich fühlte noch immer keinen Boden unter den Füßen – und ich glaubte nicht, daß ich nur vom Whisky umnebelt war. Ich entgegnete: „Ich brauche selbst einen Tip, nämlich wo ich die Nacht verbringen kann. Ich nehme an, es gibt sogar in Panama billige Hotels."

„Ich würde Ihnen in Panama kein billiges Hotel empfehlen. Aber Sie brauchen sich keine Sorgen zu machen. Um Mr. Smith mache ich mir Sorgen, um ganz ehrlich zu sein. Er kann manchmal sehr übereilt handeln. Ich würde Ihren Vater – Entschuldigung, Mr. Smith – gern aufsuchen, um in diesem unnötigen Streit zu vermitteln. Es könnte sein, daß er im Zorn weggeflogen ist. Falls er sich nicht im Hotel befindet. Wo, sagten Sie, hat er sein Flugzeug stehen?"

Ich hatte gar nichts gesagt, erklärte es ihm jetzt aber, so gut ich konnte. Der Plan der noch nicht gebauten Stadt erregte seine Aufmerksamkeit. „Wie merkwürdig! Welches Versteck könnte es dort geben?“

„Oh, da gibt es so eine Art Schuppen.“

Die Drinks hatten inzwischen auch mir die Zunge gelöst und meine Neugier freigesetzt. „Ich verstehe gar nicht, wie Sie beide zusammenarbeiten könnten? Sie haben mir zwar nichts Eindeutiges gesagt, aber ich weiß ganz genau, daß Sie und der Captain nicht auf der gleichen Seite stehen.“

„Es gibt keine verschiedenen Seiten, wenn Geld im Spiel ist. Und er tut seine Arbeit nicht aus Idealismus. Er arbeitet für Ihre Adoptivmutter, und nun ist sie tot. Für sie braucht er kein Geld mehr. Für Sie braucht er auch keins; alles, was Sie brauchen, kann ich Ihnen beschaffen. Natürlich, er braucht ein wenig Geld für sich persönlich, und da könnte ich ihm leicht helfen. Wenn er nur auf mich hören würde!“

„Wie?“

„Ich zahle gut für jede Art von Information, die er mir geben kann.“

Ich stellte fest: Er sprach immer nur von Informationen, aber nie von nachrichtendienstlichen Erkenntnissen. Vielleicht hielt er Informationen für ein unverfängliches Wort.

„Sind Sie damit einverstanden, daß ich ihn morgen früh gleich als erstes aufsuche? Bis dahin wird er Zeit gehabt haben, über die Dinge nachzudenken, über die veränderte Situation. Den Tod Ihrer Mutter – wie hieß sie noch? –, über Lizas Tod.“

„Tun Sie, was Sie für richtig halten. Es wird nichts nützen. Er wird mir meine Lügen nie verzeihen.“

„Vielleicht kann ich sie ihm aus einem anderen Blickwinkel verständlich machen."

„Er traut Ihnen nicht."

„Mir persönlich möglicherweise nicht. Aber in finanziellen Dingen traut man seiner Bank. Ich könnte seine Bank sein."

Ich hatte von diesen beiden Begriffen Bank und Finanzen einfach genug. Ich wollte schlafen.

Mr. Quigly zeigte sich schließlich äußerst entgegenkommend. Er besorgte mir ganz in der Nähe ein Zimmer und zahlte für eine Nacht im voraus. Bevor er sich verabschiedete, bat er mich noch, ihn Fred zu nennen.

„Ich heiße Cyril", sagte er, „aber meine wahren Freunde nennen mich Fred." Mir war, als ob er damit seine Unterschrift – echt oder gefälscht – unter eine Vereinbarung setzte, und ich konnte das Gefühl nicht loswerden, daß Cyril viel besser zu ihm paßte als das so gebräuchliche Fred.

10

Ich wurde gegen zehn geweckt und ans Telefon gerufen. Eine Stimme sagte: „Hier spricht Fred", und für einen Augenblick lang konnte ich mich nicht erinnern, wer Fred war. „Quigly", erklärte die Stimme ungeduldig. „Ich bin im Continental Hotel. Kommen Sie bitte sofort."

„Ich kann nicht gleich kommen. Ich bin nicht angezogen."

„Dann ziehen Sie sich bitte rasch an." Er sprach beinah so mit mir, als wäre er bereits mein Arbeitgeber.

Ich fand ihn wartend in der Halle, und er zog mich beseite, außer Hörweite des Portiers.

„Er ist weg“, sagte er.

„Weg? Wohin?“

„Das wüßte ich eben gern. Der Portier hat einen Brief für ihn. Mit einer englischen Briefmarke. Das ist interessant. Bitten Sie ihn, den Brief Ihnen zu geben. Sagen Sie, Sie seien direkt auf dem Weg zu ihm. Und bitten Sie ihn, daß er Ihnen den Schlüssel zu seinem Zimmer wieder gibt. *Mir* wird er ihn nicht geben, aber man weiß, daß Sie beide zusammen im Zimmer gewohnt haben, und es ist noch reserviert.“

„Warum sollte ich den Schlüssel wiederhaben wollen? Oder warum Sie?“

„Es könnte Hinweise geben.“

„Worauf?“

„Auf das, was er vorhat.“

„Ich dachte, Sie wüßten es – irgend etwas mit Waffen.“

„Als Zeitungsmann“ – er hielt an dieser unwahrscheinlichen Tarnung noch immer fest – „brauche ich Details.“

„Falls sie finanzieller Art sind“, sagte ich, um ihn zu verspotten, „werden sie für das *Wall Street Journal* sicherlich interessant sein.“

Aber er wurde sich meiner Spöttelei überhaupt nicht bewußt. „Ja, seine Finanzen sind von großem Interesse. Und wer ihn finanziert. Ich könnte mir denken, daß uns dieser Brief einen Anhaltspunkt gibt.“

Ich gab ihm nach und holte den Brief und den Schlüssel. Es gab keinerlei Schwierigkeiten. Der Portier dachte wahrscheinlich, ich hätte die Nacht hier verbracht. Oben, im Zimmer, das der Captain und ich geteilt hatten, ging Mr. Quigly rasch vor. „Er kann nicht weit sein", sagte er. „Er kommt heute abend zurück." Und er hielt einen Schlafanzug hoch, der ausgebreitet auf dem Sofa lag.

Ich sagte: „Auf dem Sofa hab' ich geschlafen. Das ist mein Schlafanzug."

„Ach so." Er war nicht enttäuscht; denn er hatte ein Kissen auf dem Bett umgedreht: „Dann ist das hier seiner. Es läuft also auf dasselbe hinaus. Er plant zurückzukommen."

„Freut Sie das?"

„Ja, es ist nämlich hier viel leichter, ihn im Auge zu behalten. Ich rechne damit, daß er sich an seine übliche Route hält. Über Costa Rica. Dann über die Grenze, um die Waffen irgendwo in der Gegend von Estelli abzuwerfen, wo die Sandinisten am stärksten sind."

„Ich weiß ja nicht einmal, von welchem Land Sie reden."

„Schauen Sie im Schrank nach, während ich den Papierkorb durchsuche."

Ich gehorchte ihm. Ich begann, mich selbst für die Sache zu interessieren. Aus solcher Nähe hatte ich die Aktivitäten des Captain, denen Liza und ich so viele Jahre hindurch ein halbwegs sorgenfreies Leben verdankt hatten, noch nie verfolgt. Dem, was Mr. Quigly gern als „Information" bezeichnete, war ich am nächsten gekommen, als ich im *Telegraph* die Zeile über einen Mann „mit militärischem Äußerem" gelesen hatte, der beim Juwelier nach dem Weg zur Baxter Street fragte. Baxter Street und Estelli – zwei unbekannte Lokalitäten, die da im Abstand von vielen Jahren auftauchten.

„Wo liegt Estelli?" fragte ich.

„Ich habe es Ihnen doch gesagt. Wo Somozas Nationalgardisten am schwächsten und die Sandinisten am stärksten sind."

„Von welchem Land sprechen Sie?"

„Sie scheinen ein uninformierter Mensch zu sein. Wissen Sie denn nicht, daß in Nikaragua Bürgerkrieg herrscht? Helfen Sie mir doch wenigstens, indem Sie im Schrank nachsehen."

„Da ist nichts. Nur ein Anzug und ein paar Hemden."

„Ist etwas in den Taschen?"

„Nichts", log ich – da war nämlich ein Brief, den ich, ohne auf die Adresse zu sehen, in die eigene Tasche hatte gleiten lassen. Noch war ich nicht Mr. Quiglys Angestellter, sagte ich mir. Eine Übernachtung, zu der nicht einmal ein dürftiges Frühstück gehört hatte, stellte keine bindende Verpflichtung dar.

„Er hat offensichtlich vor zurückzukommen", sagte Mr. Quigly. „Vielleicht können wir ihn aber noch abfangen, bevor er aufbricht. Er sei vor einer halben Stunde erst fortgegangen, hat man mir gesagt. Da wird er in seinem alten Renault nicht weit gekommen sein, und ein großes Waffenlager hat darin keinen Platz. Wahrscheinlich nur ein paar Granaten. Nicht daß sie viel nützen gegen Somozas Panzer: von den USA geliefert. Sie sollten Finanzinformationen nicht verachten; sie sind so herrlich kompliziert. Diese englische Briefmarke: Seine Frau sei tot, sagen Sie, wer hat also den Brief geschrieben? Lassen wir das jetzt. Wir haben es eilig. Wenn wir ihn mit Panzerabwehr-Granaten im Flugzeug erwischen, kann ich mir nicht vorstellen, wie Oberst Martinez ihn decken könnte, ohne daß es einen Skandal gibt. Und ein Skandal käme den Yankees gerade recht – wie meiner Zeitung natürlich auch. Zeitungen lieben Skandale."

„Aber wohin wollen Sie denn?“

„Zu seinem Flugzeug selbstverständlich. Sie wissen doch, wo er es stehen hat.“

Eine unruhige, heiße Nacht in einem kleinen Hotel, mit einem harten Kopfkissen und einem Fenster, das sich nicht öffnen ließ, hatte die Wut über den Captain in mir am Leben erhalten. Ich zögerte also nicht. Ich wollte mir meine Pauschale verdienen.

Mr. Quiglys Mercedes machte mir zum ersten Mal Eindruck. Als wir uns am Flughafen getroffen hatten, war ich zu müde gewesen, um ihn zu beachten. Ich saß neben Mr. Quigly und dirigierte ihn ein wenig unsicher – über die große Brücke, an den militärischen Einrichtungen der amerikanischen Zone, den Kirchen, dem Golfplatz, den schmucken Villen vorbei, wieder nach Panama hinein, bis wir den Plan der Stadt erreichten, die es nicht gab. „Langsam fahren jetzt“, sagte ich ihm. „Wir müssen hier irgendwo abbiegen.“

Er gehorchte, war aber in seinen Gedanken ganz woanders. Er sagte: „Wenn wir ihn erwischen, gibt's einen Skandal, der die Kanal-Verträge zum Platzen bringen könnte. Der Senat würde sich freuen.“

„Welche Kanal-Verträge?“

Er ignorierte meine Ignoranz.

„Und der Kongreß auch.“

Er fügte hinzu: „Diesen Brief mit der englischen Marke: Sie könnten ihn mir während unserer Fahrt vorlesen.“

„Ich glaube nicht, daß er's gern sähe, wenn ich ihm einen bereits geöffneten Umschlag gäbe.“

„Ich vermute stark, daß wir zu spät kommen. Wir sehen ihn vielleicht nie wieder. Also gut. Wie Sie wollen. Lassen Sie den Brief ungeöffnet, bis wir – wie nennen

Sie's doch? – seine Flugbahn erreichen. Oder sollten wir sie lieber Fluchtbahn nennen? Wenn er dort nicht ist, wüßte ich keinen Grund, warum Sie den Brief nicht öffnen sollten. Selbst wenn er zurückkommen sollte, wird er nie erfahren, daß ein Brief für ihn da war."

„Der Brief würde Sie gar nicht interessieren. Ich kenne die Handschrift auf dem Umschlag. Er ist von einer toten Frau."

„Einer toten Frau?"

„Liza."

„Ach so, na, dann Schwamm drüber. Er weiß, wie lange ein Brief nach Panama braucht."

„Halten Sie an. Das ist die Straße, ich bin mir fast sicher." Ich sah mir die Büsche an und bemerkte die Quetschspuren von der Durchfahrt des Renault. Wir folgten der Spur, bis ich die Startbahn und den leeren Schuppen sehen konnte.

„Meine Güte!" rief Mr. Quigly aus. (Ich sollte nie einen stärkeren Kraftausdruck von ihm hören.) „Ist die aber holprig. Ich würde hier nicht gern landen – oder starten, und noch dazu vielleicht mit einer Ladung von Panzerabwehr-Geschossen."

Er saß eine Weile versonnen da und ließ dann den Motor an. „Ich muß zurück und ein Telegramm aufgeben."

„Finanzinformationen?"

„Sie lägen gar nicht so falsch, wenn Sie's so nennen wollen", antwortete er mit seiner üblichen Vorsicht.

In niedergeschlagen-grübelndes Schweigen gehüllt, fuhr er mich zurück, während ich mich fragte, ob er in seinen Telegrammen wohl eine Art von Code benutzte – vielleicht etwas ganz Einfaches wie den Buch-Code, über den ich als Junge einmal in einem Spionageroman gelesen hatte: Der Spion und seine Partner wählten einen Satz aus einem vereinbarten Buch, etwa aus einer Ausgabe von Shakespeares Gesamtwerk, dessen Umfang eine Menge an Spielmaterial zur Auswahl bot, und auf diesem Satz und seiner Wortfolge basierte dann irgendwie der Code. Ich versuchte mir vorzustellen, welche Art Buch Mr. Quigly und seine Amerikaner wohl gewählt hätten. Bestimmt keinen Updike. Für soche Zwecke waren Updikes Bücher zu kurz. Vielleicht hätte Mr. Quigly auf einen umfangreichen Klassiker wie *Vom Winde verweht* zurückgegriffen.

Im Continental brach Mr. Quigly sein Schweigen. „Ich wüßte nicht", sagte er, „warum Sie es nicht bequem haben sollten. Das Zimmer ist noch reserviert. Sie könnten jetzt sogar das Bett benutzen. Ich rufe Sie an, sobald ich eine Nachricht über ihn habe."

Ich holte den Schlüssel vom Portier, der mir sagte: „Hier, eine telefonische Mitteilung für Ihren Vater", und ich las sie im Fahrstuhl: „Bitte rufen Sie im Büro von Oberst Martinez an." Nun, dachte ich, Oberst Martinez wird lange auf Antwort warten müssen.

Die beiden ungelesenen Briefe lagen mir schwer auf der Seele, und sobald ich allein war, öffnete ich den ersten, rechtmäßig, er war an mich adressiert. Zum Vorschein kamen zuerst ein Scheck und ein Flugticket, dann der Brief. Mich überraschte seine Länge und dann, während ich las, der Inhalt. Nach all den Jahren der Zurückhaltung hatte ihn endlich etwas zum Sprechen gebracht, und dieser Anlaß war natürlich Lizas Tod.

„Jim, Du hast mich seit Deiner Ankunft tagtäglich belogen, und Gott allein weiß, warum Du es nicht noch länger getan hast. Ich nehme an, Du wolltest warten, bis ich für Dich einen Job gefunden und Dir auf meine Kosten ein Leben ermöglicht hätte, so wie Du all diese Jahre hindurch von mir gelebt hast. Ich habe Dich Lizas wegen unterhalten, aber Liza ist tot. Ich will Dein Gesicht nie mehr sehen – es erinnert mich viel zu sehr an Liza. Hier ist das Ticket für Deinen Heimflug nach London und ein Scheck; wenn Du ihn vor Deinem Abflug hier einlöst, wird er Dich ein paar Wochen über Wasser halten, das gibt Dir Zeit genug, zu Hause einen Job zu suchen. Hier ist für Dich kein Platz. Aber laß mich Dir einen letzten Rat geben, ein letztes Zeichen meiner Verantwortung Dir gegenüber: Ich warne Dich, halte Dich von diesem Quigly fern. Ich bereue es, daß ich ihn überhaupt gebeten habe, Dich abzuholen, aber er war gerade da, er ist immer gern bereit, mir kleine Gefälligkeiten zu erweisen. Auf diese Weise kann er mit mir Kontakt halten, dafür wird er von seinen Arbeitgebern, sie sollen verflucht sein, bezahlt. Sie haben nie etwas aus mir herausbekommen, was auch nur einen Pfennig wert gewesen wäre.

Du hast wirklich keinen Anlaß, mir zu vertrauen. Das weiß ich genau. Auch ich habe gelogen, aber Dich oder, was immer Dir der alte Teufel erzählt haben mag, Liza habe ich nie belogen. Nur die Bullen. Es ist eine dubiose Geschichte, ich weiß. Ich habe ganz am Anfang nicht gestohlen, um reich zu werden. Ich habe einfach so gestohlen, ohne Zweck. Es war nur ein Spiel, ein riskantes Spiel, wie Roulette. Im Krieg beginnt man, an kleinen Gefahren Gefallen zu finden. In diesem deutschen Kriegsgefangenenlager langweilte mich das sichere Dasein zu Tode, und als ich über die Grenze kam, langweilte mich der Frieden des spanischen Klosters. Als ich nach England zurückkehrte, war das Fliegenlernen so leicht wie einen Führerschein zu machen. Dann kam, fast zum gleichen Zeitpunkt wie der Flugschein, der Friede. Keinerlei Gefahr mehr. Keine epidermale Aufregung. Also habe ich gestohlen. Das hat mir ziemlich viel Spaß gemacht, bis ich dem Teufel begegnete und die arme Liza im Krankenhaus liegen sah, und das Kind in ihrem Leib, das sie sich so sehr gewünscht hatte, wurde umgebracht, auf Anordnung des Teufels. Ich weiß nicht, ob sie mich wirklich gemocht hat. Sie war ein ehrliches Mädchen, und ich glaube nicht, daß sie das Wort Liebe je ausgesprochen hätte, ohne es ernst zu meinen. Von da an habe ich nur noch ihretwegen mit der Gefahr gespielt, damit sie eines Tages, wenn ich nicht mehr bin, in Sicherheit leben könnte. Als Du mir gesagt hast, sie sei tot, wußte ich, daß sie mich nicht mehr braucht. Risiken, ernste Risiken bin ich nie mehr eingegangen, seit ich Liza kenne, aber jetzt bin ich jede Verantwortung los. Ich danke Gott, falls es ihn gibt, daß er mir das endlich gewährt hat. Ich bin nicht unglücklich, Liza kann nichts Böses mehr widerfahren, sie ist frei, und ich bin endlich frei, frei auch von Dir. Ich bin dem Gefangenenlager wieder einmal entkommen. Für mich gibt es jetzt nur noch eine sinnvolle Sache zu tun, etwas für meine Freunde. Liza ist nicht mehr am Leben, und ich kann jedes Risiko eingehen, das ich will. Für Dich habe ich genug getan. Ich möchte nicht, daß Du mir schreibst. Du hast Liza verraten. Warte nicht auf mich, wenn Du diesen Brief bekommen hast. Geh und komm nie mehr zurück."

Er hatte den Brief unterschrieben mit „Der Captain, der Colonel, der Sergeant, Señor Smith"; hinter jedem Namen stand ein Ausrufezeichen. Ich fragte mich, warum er eigentlich nicht seinen richtigen Namen dazugesetzt hatte, aber ich nehme an, er wollte sich wenigstens einen seiner Namen bewahren, aus Gewohnheit. Seit seinem Gin Tonic damals und dem Räucherlachs zum Mittagessen waren wir im Grunde immer Fremde geblieben; wir waren uns nie nähergekommen. Sein ganzes Interesse hatte Liza gegolten, und, Ironie des Schicksals, es gab einen Brief von ihr, der zu spät eingetroffen war, er hatte ihn nicht mehr lesen können, einen Brief, der ihn vielleicht auf die Nachricht von ihrem Tod behutsamer vorbereitet hätte, als ich es getan habe. Das tat mir leid, und trotzdem konnte ich seinen Brief nur schwer verkraften.

Ich öffnete den Brief, den er nun nie mehr lesen würde. Liza schrieb nie lange Briefe, es war nicht ihre Art, und dieser Brief war äußerst kurz. Sie schrieb: „Lieber Captain, ich weiß, was der Arzt und die Krankenschwester mir verheimlichen wollen, nämlich daß ich bald tot sein werde. Deshalb schreibe ich Dir jetzt, was ich nie ausgesprochen habe, dazu war ich zu schüchtern. Ich habe Dich immer geliebt, von dem Tag an, als Du mich im Krankenhaus zusammen mit dem Teufel besucht hast. Du hattest einen Knopf vom Hemd verloren, und Deine Schuhe hätten ein gründliches Putzen vertragen können. Du warst der netteste Mann, den ich kennengelernt habe. Liza."

Der Brief erstaunte mich. Also hatte es zwischen ihnen doch so etwas wie Liebe gegeben. Was immer der Begriff bedeuten mochte, solche Liebe schien dauerhafter als die gelegentlichen sexuellen Eskapaden, die ich auf meine Weise genossen hatte. Als ich im Zimmer des Captain auf dem Sofa lag und auf den Schlaf wartete, der nicht kommen wollte, spürte ich einen Stich von schmerzhafter Eifersucht. Daß sich Liza all diese Jahre hindurch, trotz der häufigen Abwesenheit, die der Captain ihr nie verständlich gemacht hatte, an den fehlenden Knopf erinnerte, das überstieg einfach meine Vorstellungskraft, und mich packte die Wut und ein Gefühl von Minderwertigkeit. Ich kam mir ausgeschlossen vor, ich war wieder ein Amalekiter. Dennoch hob ich den Brief auf. Er würde ihm vielleicht Freude machen und seinen Ärger mildern, wenn er zurückkäme, während des Dösens vor dem Einschlafen aber war ich dann wütend auf die beiden und die ganze mir unverständliche Welt, die sie verkörperten. Ich hatte einen seltsamen Traum: Ich ging eine lange, holprige Straße entlang auf einen tiefen dunklen Wald zu, der zurückwich, sowie ich mich ihm näherte. Aus irgendeinem Grund mußte ich diesen Wald unbedingt betreten, aber ich wurde immer erschöpfter, bis mich das Schrillen des Telefons neben dem Bett des Captain weckte. Ich wollte den Hörer eigentlich nicht abnehmen. Ich befürchtete, die Stimme des Captain zu hören, es war jedoch Mr. Quigly.

„Ist das Jim?“

„Ja.“

„Ich habe es lange läuten lassen. Viereinhalb Minuten.“ Immer diese Präzision, wenn es um Zahlen ging. Vielleicht war das eine Eigenart von Finanzleuten.

„Ich habe geschlafen.“

„Oberst Martinez hat mich angerufen. Er hat mich noch nie angerufen. Es muß wichtig sein. Er will Sie sehen. Er hatte jemand zum Hotel geschickt, in dem ich Sie untergebracht hatte, aber da waren Sie nicht. Hören Sie mir zu?“

„Ja. Woher hat er gewußt, wo ich die Nacht davor geschlafen habe?“

„Fragen Sie ihn. Es gehört zu seinem Job, alles zu wissen. Pablo ist auf dem Weg, er holt Sie ab. Sagen Sie ihm nichts."

„Wem? Pablo?"

„Nein, nein. Oberst Martinez natürlich."

Es klopfte an der Tür, und ich legte den Hörer auf. Ich hatte genug von Mr. Quigly. Ich öffnete die Tür, und da stand Pablo.

11

Überall schienen Wachen zu stehen, denen Pablo seinen Ausweis zeigen mußte – am Tor zum Hauptquartier der Nationalgarde, am Eingang des Gebäudes, das wir betraten, vor dem Warteraum, in den wir geführt wurden. Pablo sagte kein Wort und saß schweigend neben mir. Sein Revolver drückte mir unbequem gegen die Hüfte, und ich wurde ungeduldig.

„Oberst Martinez", sagte ich, „scheint ein vielbeschäftigter Mann zu sein", aber Pablo gab keine Antwort.

Als ich endlich an die Reihe kam, blieb Pablo an der Tür hinter mir zurück, und ich blickte neugierig zum Obersten auf der anderen Seite des Raums hinüber. Den hätte kein Polizist je als einen Mann militärischem Äußeren beschrieben. Er hatte ein freundliches, blasses und besorgtes Gesicht, und als er sich zur Begrüßung erhob, bemerkte ich, daß er klein und etwas rundlich war.

„Es tut mir leid, daß ich Sie warten lassen mußte, Mr. Smith", sagte er. Er sprach langsames, sorgfältiges Englisch, das allerdings den typischen Yankee-Klang hatte, das ein ganzes Leben in unmittelbarer Nähe der Amerikanischen Zone vielleicht mit sich brachte.

„Baxter", korrigierte ich ihn, und er senkte den Blick und schob auf seinem Schreibtisch ein paar Papiere hin und her und verbesserte sich: „Mr. Baxter." Darauf folgte eine lange Pause. Hatte er vergessen, warum ich da war, so wie er auch meinen richtigen Namen vergessen hatte? Mir war jedenfalls klar, daß er mir um einiges sympathischer war als Mr. Quigly, den ich mit einer Militäruniform nie in Zusammenhang gebracht hätte.

Er sagte: „Setzen Sie sich, Mr. Baxter. Wir machen uns Sorgen um Mr. Smith – wegen seiner unerwarteten Abwesenheit. Er sollte einen kleinen Auftrag für uns erledigen, aber er scheint ins Blaue hinein verschwunden zu sein." Ihm machte ein leichter Husten zu schaffen, der mein Schweigen überdeckte. „Wir sind natürlich darüber im Bilde, daß Mr. Quigly Ihr Freund ist" – so wie er das „wir" aussprach, schien es die gesamte Nationalgarde einzubeziehen, und einen Moment war ich völlig überrascht, daß man einem unbedeutenden Fremden so viel Aufmerksameit widmete, aber dann fiel mir Pablo ein, der hatte selbstverständlich über mich Bericht erstattet. Ich sagte: „Kein wirklicher Freund."

Der Oberst sagte: „Mr. Quigly ist ein ausgezeichneter Journalist, und da er für eine Gringo-Zeitung arbeitet, verfügt er über Informationsquellen, die uns nicht zugänglich sind. Wir haben uns gefragt, ob er Ihnen vielleicht etwas gesagt hat, das uns einen Hinweis geben könnte ... Es ist uns sehr wichtig, etwas von Mr. Smith zu hören."

Ich dachte an den Brief, hielt mich aber an Mr. Quiglys Anweisung.

„Ich habe keine Nachricht", sagte ich.

„Sie sind gestern abend mit Mr. Quigly im Continental Hotel gesehen worden, und wir haben angenommen, daß Sie zu Ihrem Vater wollten. Wir dachten, daß er Ihnen vielleicht etwas mitgeteilt haben könnte ..."

Ich ging über den kleinen Fehler in ihren Informationen über mein Verwandtschaftsverhältnis zum Captain hinweg und sagte: „Nicht ein Wort. Er war gar nicht da. Er war verschwunden."

„Ja, ja, verschwunden, das wissen wir schon, und sein Flugzeug auch. Aber ich dachte, er hätte Ihnen vorher vielleicht eine Andeutung gemacht ... Ich versichere Ihnen, wir sind besorgt ... um seine Sicherheit besorgt, Mr. Baxter." Er hielt den Blick auf seine Papiere gesenkt und sagte mir leiser Stimme, als schäme er sich, eine wertvolle Information preisgeben zu müssen: „Man hat ihn abfliegen gesehen, er hat aber die falsche Richtung eingeschlagen."

„Die falsche Richtung?"

„Nicht die Richtung, die ihm befohlen war." Es folgte ein längeres Schweigen, während Oberst Martinez sich auf seine Papiere konzentrierte. Ich dachte: Hat er ebenfalls eine falsche Richtung eingeschlagen?

Mich plagten Zweifel, und ich versuchte, sie loszuwerden, indem ich eine Frage stellte, die in diesem ruhigen Raum selbst mir auf vulgäre Weise direkt klang. „Wer hat ihm den Befehl erteilt? Sie oder Mr. Quigly?"

Oberst Martinez blickte zu mir auf und stieß einen kleinen Seufzer aus, wie jemand, der von einer lästigen Diskretion befreit war. „Ach ja, Mr. Quigly! Was wissen Sie über Mr. Quigly?"

„Ich weiß, daß er mir einen Job angeboten hat."

„Werden Sie ihn annehmen?"

„Mr. Smith hat mir einen Brief mit einem Scheck hinterlassen. Er will, daß ich sofort heimfliege."

„Und werden Sie heimfliegen?"
„Ich möchte ihn vorher noch über meine Pläne informieren."
Oberst Martinez sagte: „Ich kann in unser aller Interesse nur hoffen, daß Sie dazu Gelegenheit haben werden."
Ich wußte überhaupt nicht mehr, woran ich war. Ich sagte ihm: „Ich verstehe nicht, was Sie damit meinen. Hat er etwas falsch gemacht? Ist er im Gefängnis?"
„Ganz bestimmt nicht. Er ist unser Freund. Er hat für uns wertvolle Arbeit geleistet. Wir brauchen ihn." Wieder dieses verdammte Wort „brauchen".
„Und was hat Mr. Quigly damit zu schaffen?"
„Nun, ich würde Mr. Quigly nicht gerade als seinen Freund bezeichnen."
„Bei meiner Ankunft hat" – bei dem Namen kam ich stets in Stocken – „Mr. Smith aber doch Mr. Quigly geschickt, um mich abzuholen."
„Oh, es war uns sehr recht, daß Mr. Smith einen gewissen Kontakt zu Mr. Quigly hielt. Wir wollen gegen Mr. Quigly gar nichts sagen. Falls Sie sich dazu entschließen sollten, für Mr. Quigly zu arbeiten, so ist das Ihre Entscheidung; aber wir könnten Ihnen vielleicht einen kleinen Rat geben, falls es dazu kommt. Im jetzigen Augenblick gebe ich Ihnen den Rat, einfach abzuwarten. Treffen Sie keinerlei Entscheidung, bis – wir hoffen, daß es Ihnen möglich sein wird – Sie noch einmal mit Ihrem Vater gesprochen haben."
Er streichelte die Papiere auf seinem Schreibtisch und erhob sich mit einem freundlichen Lächeln, um anzudeuten, daß die Unterredung – das Verhör? – beendet war. Er sagte: „Wir werden Sie selbstverständlich benachrichtigen, sobald wir Neuigkeiten von Ihrem Vater haben."

12

Aber es war nicht Oberst Martinez, von dem ich die Nachricht erhielt. Ich erhielt sie zwei Stunden später, oder wie er selbst mit Sicherheit gesagt hätte, zwei Stunden und zwölf Minuten später, von Mr. Quigly. Ich war aufs Zimmer des Captain im Hotel zurückgekehrt; ich hätte ja nirgends sonst hin können. Ich lag auf dem Sofa, konnte aber nicht schlafen. Ich konnte, um mir die Zeit zu vertreiben, nur nachdenken – und *wie* ich nachdachte, *wie* ich in meinem sorgenvollen verwirrten Kopf alles drehte und wendete! Mir war, als strecke ich meine Faust hin – als Kind hatte ich's für Liza oft genug getan –, auf die ein Knäuel Wolle aufgewickelt werden sollte, und plötzlich hatte ich mich unvorsichtig bewegt, und die Wolle verhedderte sich.

Warum machten sie sich solche Sorgen wegen der Abwesenheit des Captain – solche Sorgen wegen einer Abwesenheit von nur wenigen Stunden? War er nicht, seit die Wächter im deutschen Gefangenenlager sein Fehlen entdeckt hatten, sofern er mir da eine wahre Geschichte erzählt hat, sein Leben lang immer abwesend gewesen? Fürchteten Mr. Quigly und der Oberst, daß er sie verraten haben könnte? War denn nicht sein ganzes Leben ein Leben voller Verrat gewesen? Er hatte vorgegeben, Liza zu lieben, und dennoch hatte er sie aus Gründen, die er nie erläutert hatte, ständig allein gelassen. Wer war dieser Somoza, den der Oberst erwähnt hatte, und wer waren die Sandinisten? Ich war, das merkte ich nur allzu deutlich, von einer grenzenlosen Unwissenheit, ich hatte keine Ahnung von dem, was in dieser unbekannten Gegend vor sich gehen mochte. Meine Tätigkeit als Journalist hatte sich auf einen sehr kleinen Teil Englands beschränkt. Einmal nur war ich wegen einer Story bis Ipswich gereist, auf der Spur einer merkwürdigen, eher komischen Geschichte über einen Dieb. Auch der Captain war ein Dieb. Meine Gedanken wanderten aufs neue hierhin und dorthin, und die Wolle verhedderte sich immer mehr. Und Quigly? Wer war Quigly? Was war Quigly?

Während ich mir eben diese Fragen stellte, die von allen am schwierigsten zu beantworten waren, klingelte das Telefon. Ich wußte sofort, was die Stimme am anderen Ende sagen würde (es würde das Code-Wort „Fred" sein), also ließ ich es unentwegt weiter klingeln. Der Klang brachte mir in gewisser Weise eine Befreiung: Das Fragen hatte ein Ende gefunden, und die Wolle fiel von meinen Handgelenken ab.

Schließlich hörte das Klingeln auf, und kurz darauf klopfte es , ganz wie erwartet, an der Tür. Ich glaubte, öffnen zu müssen, und, natürlich, da stand Mr. Quigly.

„Ich habe von unten angerufen. Man sagte mir, daß Sie hier oben seien. Warum haben Sie nicht abgenommen?"

„Ich war in Gedanken vertieft, Mr. Quigly. Oder sollte ich Sie Fred nennen?"

„Zum Scherzen gibt's keinen Anlaß, Jim. Ich habe Nachricht erhalten, eine schlechte Nachricht. Ihr Vater, Entschuldigung, ich meine Mr. Smith, ist tot." Mir schoß es durch den Kopf, daß Mr. Quigly wenigstens nicht, wie ich, als der Captain mit mir über Liza gesprochen hatte, Zeit zu gewinnen versuchte. Dafür war ich ihm jedenfalls dankbar. Auf eine seltsame Weise schien es die Luft zu reinigen. Ich brauchte keine Trauer zu heucheln, die ich nicht empfand.

„Sind Sie sicher? Oberst Martinez sagte, er werde mich seinetwegen benachrichtigen."

„Oh, aber der hat es wahrscheinlich noch gar nicht erfahren. Sehen Sie, Mr. Smith hatte die falsche Richtung eingeschlagen." Genau diese Worte hatte Oberst Martinez mir gegenüber verwendet.

„Sie meinen, wenn er die richtige eingeschlagen hätte . . ."

„Dann hätte Oberst Martinez gewußt, wo er ist, und er wäre noch am Leben."

„Welches war die falsche Richtung?"

„Es war beinahe selbstmörderisch. Er muß gewußt haben, daß er wahrscheinlich nicht zurückkehren würde. Ich vermute, er hat gar nicht zurückkommen wollen. Er wollte nur seinen Freunden helfen und sterben."

„Wie hätte er damit seinen Freunden nützen können?"

„Weil dabei auch Somoza umgekommen wäre."

„Somoza?"

Würde ich in diesem Teil der Erde immer ein Fremder bleiben müssen, da ich mir nicht einmal die Namen merken konnte?

„Oh, Präsident Somoza hat überlebt – zur Freude *meiner* Freunde."

So, dachte ich, nun ist alles vorbei, unsere Auseinandersetzung wie sein Leben.

Mr. Quigly fuhr fort: „Von unserer Seite drohte ihm keine Gefahr. Wir wollten, daß er am Leben blieb. Und sei es nur, um herauszubekommen, wo genau er seine Waffen abwarf."

„Was soll das heißen – die falsche Richtung? Wie ist er gestorben?"

„Seine Maschine stürzte in der Nähe des Bunkers ab, in dem sich Somoza gegenwärtig über Nacht in Managua aufhält. Er muß die Maschine proppenvoll mit

Sprengstoff beladen haben, aber er hat nicht mehr geschafft, als sich selbst ums Leben zu bringen und beim Intercontinental Hotel gegenüber ein paar Fensterscheiben einzudrücken. Sonst ist niemand zu Schaden gekommen – nur er selbst."

„Oh, *er* ist nicht zu Schaden gekommen", widersprach ich. „Jetzt ist er mich und Liza und all die anderen los."

„Die anderen?"

„Alle, die ihn brauchten."

„Sein Tod ist eine Verschwendung. Sogar für uns ist er auf seine Art ein wenig nützlich gewesen. Was werden Sie nun tun – Jim?" Er zögerte, meinen Vornamen auszusprechen.

„Er hat mir so viel Geld hinterlassen, daß ich nach Hause zurückkehren kann."

„Werden Sie zurückkehren?"

„Ich habe kein Zuhause." Ich hatte den Ausdruck keineswegs aus Selbstmitleid verwendet, es war die nüchterne Feststellung einer Tatsache. Ich war ein Mensch ohne Paß, der nur eine Aufenthaltserlaubnis besaß.

Mr. Quigly sagte: „Ich bin mir ziemlich sicher, daß ich alles arrangieren kann, wenn Sie nur hierbleiben wollten. Wissen Sie, Sie sind uns inzwischen sehr wertvoll, Jim." Diesmal sprach er meinen Vornamen aus, ohne zu zögern. „Schließlich *war* Mr. Smith Ihr Vater, und vielleicht könnten wir durch Sie mit ein paar von seinen alten Freunden Kontakt aufnehmen und mit ihnen sprechen."

„Aber er war nicht mein Vater."

„Ach ja, ich hatte es ganz vergessen. Wir müssen die Dinge aber nicht zu wörtlich nehmen, Jim."

„Und Oberst Martinez?"

„Auch er wird bestimmt Ihr Freund werden, wenn Sie

ihm Gelegenheit dazu geben. Es ist gar nicht nötig, daß Sie für eine Seite Partei ergreifen. Darüber müßten wir uns auch noch einmal unterhalten. Sie können ihm genauso nützlich sein wie uns. Ich bin sicher, daß sich alles zufriedenstellend arrangieren läßt, falls Sie bleiben."

Ich fühlte mich inmitten seiner Vieldeutigkeiten verloren. Ich kam mir vor wie auf einer gewundenen Landstraße voller Verkehrsschilder, die seit langem ohne Schwerverkehr war. Einen Moment lang sehnte ich mich nach den großen Autobahnen mit ihren donnernden schweren Lastern. Ich sagte: „Verschwinden Sie, Mr. Quigly. Ich möchte allein sein."

Mr. Quigly zögerte. „Aber wir sind doch Freunde, Jim. Ich bin als Freund zu Ihnen gekommen."

„Ja, ja", sagte ich ohne Überzeugung, nur um ihn loszuwerden, und er ging. Bevor er den Raum verließ, ließ er jedoch einen Umschlag aufs Bett fallen. „Nur für den Fall, daß es Ihnen ausgeht", sagte er und verschwand wieder in die Stadt der einhundertdreiundzwanzig Banken. Beim Öffnen des Umschlags dachte ich: Hier zahlt man also offensichtlich sogar für Freundschaft. Ich steckte das Geld ein – fünf Zweihundertdollarscheine – und hörte das Telefon erneut klingeln. Diesmal war es Pablo. Er sagte: „Oberst Martinez möchte Sie noch einmal sprechen. Er hat eine Nachricht für Sie."

Es belustigte mich, ihm mitzuteilen: „Er muß sich keine Mühe machen, mich zu sprechen. Ich habe die Nachricht bereits erhalten. Von Mr. Quigly."

Daraufhin herrschte in der Leitung ein langes Schweigen. Ich stellte mir vor, wie Pablo diese Neuigkeit im Büro an den Obersten weitergab und auf seine Antwort wartete. Endlich kam sie. „Oberst Martinez sagt, es sei dennoch wichtig, daß Sie ihn aufsuchen. Umgehend. Er schickt mich mit einem Wagen zu Ihnen.“

13

Während ich auf Pablo wartete, nutzte ich die Zeit, um diese Erzählung abzuschließen. Welchen Sinn könnte es haben, sie jetzt, nach dem Tod des Captain, noch weiterzuführen? Ich erkenne deutlicher denn je, daß ich kein Schriftsteller bin. Der Ehrgeiz eines wahren Schriftstellers endet nicht mit dem Tod seiner Hauptperson.

Was nun? Ich habe ein Ticket für den Rückflug nach London (das kann ich allerdings eintauschen) sowie die Dollars vom Captain und von Mr. Quigly. Soll ich Mr. Quiglys Rat befolgen und mich in eine Welt voller Geheimnisse und Gefahren begeben, die mich ich weiß nicht wohin führen werden? Ich schreibe mir selbst keine Schuld zu. Die Verantwortung trägt der Captain. Er wußte, was er tat, als er die Juwelen raubte, als er sein Flugzeug zum Absturz brachte. Wenn ich an den Captain denke, stelle ich mir manchmal vor, daß er auf irgendeine merkwürdige Weise eines Tages beweisen wird, daß er doch mein richtiger Vater gewesen ist, und sei es nur durch das Erbe einer gewissen Illegalität, die er mir eingepflanzt hat. Ich erinnere mich wieder an den Traum, den ich in der letzten Nacht hatte, bevor Mr. Quigly mich weckte, und erinnere mich an ein Detail, das ich vergessen hatte. Als ich aufwachte, war mir nur der dunkle Weg in einen tiefen Wald hinein in Erinnerung geblieben – jetzt aber kam mir der Anlaß zu meiner Wanderung wieder in den Sinn. Ich war zwei Maultieren gefolgt, die immer wieder stehengeblieben waren, um zu grasen. Sie trugen nichts auf dem Rücken, und ich hatte keine Ahnung, warum ich ihnen folgte. Der Captain hätte es natürlich gewußt. Wie oft hatte er mir von diesen Maultieren erzählt. In seinen Erzählungen trugen sie jedoch stets Säcke voll Gold.

Man kann seinen Vater hassen, und obwohl ich mich vielleicht dazu entschließe, in seine Fußstapfen zu treten, werde ich doch immer nur Haß empfinden. Im Vergleich zu Liza hat er mir, ganz gefühllos, nur dieses Tikket für eine Rückreise vermacht, zu einem Ort, den ich für immer verlassen habe. Um sie kümmerte er sich bis zu ihrem Tod, mich jedoch . . . Eines weiß ich bestimmt: Ich werde nicht mehr schreiben. Meine Zimmerklingel läutet. Es wird mit ziemlicher Sicherheit Pablo sein, der kommt, um mich zu Oberst Martinez zu bringen, und was werde ich anschließend tun? Soll ich Mr. Quigly berichten, was sich zwischen mir und dem Obersten abgespielt hat? Nehme ich Mr. Quiglys Geld an? Wird der Oberst mir Geld anbieten – oder nur Ratschläge geben? Der Captain hätte mir auf Grund seiner eigenen Erfahrungen raten können, aber er befindet sich in Sicherheit, er ist tot, und hätte ich ihm überhaupt vertraut? Ihm lag nur an Liza, falls ihm etwas an ihr lag. Wir sind beide für ihn eine Last gewesen. Und dann kam mir *King Kong* wieder in den Sinn, fielen mir wieder die Worte ein, die er mir gegenüber verwendet hatte, als ich den King mit seiner Last beobachtete – einer Last, die ihn so fest mit Füßen getreten hatte, daß ich mich fragte, warum er sie nicht nach unten auf die Straße fallen ließ: „Er liebt sie, Junge. Kannst du das nicht verstehen?" Vielleicht habe ich das Wesen der Liebe nie verstanden.

Vielleicht ... Ich wünschte, ich hätte ihn noch einmal gesehen oder am Anfang nicht belogen.

14

Als ich nach dem Besuch bei Oberst Martinez in dieses Zimmer zurückkam, fand ich in der Küche ein paar zerrissene Papierfetzen im Papierkorb, die sowohl Mr. Quigly als auch ich übersehen hatten. Mr. Quigly hatte wahrscheinlich angenommen, daß alles wirklich Wichtige verbrannt worden sei. Er war ein Profi.

Ich glaube, daß diese Fetzen möglicherweise Teil des Briefes gewesen sind, den der Captain mir hinterlassen wollte, dann aber möglicherweise meinte, sie könnten zu viel über seine Schwäche aussagen. Ich fügte sie zusammen und setze sie hier an den Schluß dieses mißlungenen Buches, das niemand je veröffentlichen oder lesen wird.

„Was brauche *ich?* Warum, zum Teufel, ist es so, daß ich anscheinend immer gebraucht werde? Da war einmal eine alte Frau auf der Straße, irgendwann, in Manchester, und das wenige, was ich besaß, brauchte ich viel dringender selbst, sie brauchte es gar nicht so dringend wie ich, doch es war nicht ihr Fehler, glaube ich, daß sie meine Bedürftigkeit nicht spüren konnte, ich die ihre jedoch spürte. Trotzdem, es ist nicht normal. Wenn ich die Kraft von King Kong hätte ..."

Der letzte Satz wurde fast unleserlich. Seltsam, daß auch er sich an King Kong erinnerte.

Genug von all diesem Unsinn. Ich habe über eintausendzehn Dollar (ich zählte sie wie Mr. Quigly) und außerdem Geld, das der Captain mir hinterlassen hat, sowie das Ticket, das ich eintauschen kann. Ich ziehe einen Strich unter das ganze Gekritzel und werfe den ganzen Packen dann in denselben Papierkorb, da kann ihn finden, wer will. Der Strich bedeutet *fini.* Ich bin jetzt auf mich selbst gestellt, und ich folge meinen eigenen Maultieren, um meine eigene Zukunft zu finden.

VIERTER TEIL

Neuntes Kapitel

1

Oberst Martinez sah Mr. Quigly mit einem Anflug von Belustigung an. Er sagte: „Diesmal sind wir vor Ihnen in Mr. Smiths Zimmer gewesen. Das Päckchen wurde im Papierkorb gefunden. Hat der junge Mann es wirklich weggeworfen, weil er nicht mehr zu schreiben beabsichtigte? Warum hat er es dann aber nicht vernichtet? Ich bezweifle, daß wir den wahren Grund je erfahren werden. Er ist irgendwo unterwegs. Mein Übersetzer hat keine Zeit gehabt, sich mehr als jene letzten Seiten vorzunehmen, die mit seiner Ankunft in Panama beginnen. Der Bericht wird erst interessant, als er Ihnen begegnet. Der Junge scheint ein gewisses Talent gehabt zu haben, und es ist ein Jammer, daß er sich nicht aufs Schreiben beschränkt hat, das Schreiben ist nämlich eine sichere Beschäftigung. Ich wollte Sie sprechen, weil es so viele Hinweise auf Sie gibt in diesem – soll ich's Roman nennen, Mr. Quigly?"

„Bitte, ich war ein Freund seines Vaters."

„Kein sehr enger Freund, wie wir wohl annehmen dürfen."

„Nun, ich konnte ihm im kleinen ziemlich oft behilflich sein. So auch, als ich Jim am Flughafen abholte."

„Und die Nachricht von Mr. Smiths Tod haben Sie früher erhalten als wir, wir haben Sie also möglicherweise nicht ernst genug genommen, Mr. Quigly. Sind Sie es gewesen, der Somozas Leute in Managua darüber informiert hat, in welche Richtung er abgeflogen war?"

„Wie hätte ich das wissen können?“

„Ja. Ich wünschte, ich hätte darauf eine Antwort. Wie? Noch eine Frage? Wer war King Kong?“

„King Kong?“

„Ein Code-Name vielleicht?“

„Keine Ahnung. Bei meiner Zeitung verwenden wir keine Codes.“

„Und Sie haben natürlich auch keine Nachricht, wo Jim sich aufhält? Ich fürchte, er könnte Mr. Smith nur allzu genau nachgeahmt haben.“

„Seit dem Tod seines Vaters habe ich ihn nur einmal gesehen.“

„Sie nehmen es mit Zahlen im allgemeinen sehr genau, Señor Quigly. Denken Sie noch einmal nach.“

Mr. Quigly dachte noch einmal nach. „Nun ja, vielleicht hätte ich sagen sollen: zwei- oder dreimal.“

„Sie haben ihm eine Stelle angeboten, nicht wahr?“

„Wir hatten noch nichts fest abgemacht. Eine Beschäftigung als freier Reporter. Er hatte wenig Erfahrung.“

„Ich frage Sie noch einmal – wer war King Kong?“

„Irgendein Affe, glaube ich mich zu erinnern.“

„Ein Affe?“

„Vielleicht ein Gorilla – kann mich wirklich nicht erinnern, was für ein Affe.“

Oberst Martinez stieß einen kleinen Seufzer aus, es hätte ein Seufzer aus Verzweiflung sein können. „Sie haben doch einen britischen Paß, nicht wahr, Señor Quigly?“

„Ja.“

„Und ein amerikanisches Visum?“

„Ja. Ich muß gelegentlich meine Zeitung in New York aufsuchen.“

„Es ist Ihnen natürlich bekannt, daß im nächsten Monat die Kanal-Verträge von Präsident Carter und General Torrijos unterzeichnet werden und daß dann der größte Teil der Amerikanischen Zone in unsere Hände übergeht."

„Ihr General hat gute Arbeit geleistet. Ich beglückwünsche Sie."

„Es ist wichtig, daß keine dummen Probleme auftreten, bevor die Verträge in Washington unterzeichnet sind. Wir haben dort unsere Feinde. Ich nehme an, Sie verstehen."

„Selbstverständlich."

„Trotzdem fühle ich mich gewissermaßen verantwortlich. Sein sogenannter Vater . . . man könnte wohl behaupten, daß zum Teil er dafür verantwortlich ist, wenn dem jungen Mann etwas passiert ist. Aber wir beide tragen auch ein gewisses Maß an Verantwortung."

„Ich bin für nichts verantwortlich."

„Sie haben seinem Vater wahrscheinlich gelegentlich etwas gezahlt, und, wie Sie bestimmt wissen, war er auch von mir bezahlt."

„Mir wäre es lieb, Sie würden Mr. Smith nicht immer als seinen Vater bezeichnen."

„Entschuldigung, wir sind da beide etwas ungenau. Mr. Smiths richtiger Name lautete natürlich Brown."

„Wie dem auch sei, wo liegt das Problem, Herr Oberst? Jim befindet sich inzwischen wahrscheinlich auf dem Weg zurück nach London. Er hat mir gesagt, er fliege möglicherweise nach Hause. Smith hat ihm ein Ticket besorgt."

„Kein besonderes Zuhause, wie es scheint. Lassen sie uns offen miteinander sprechen, Señor Quigly. Sie wußten – oder etwa nicht – daß Smith das, was ich als die falsche Richtung bezeichnet habe, eingeschlagen hatte."

„Wie hätte ich das denn wissen sollen?“

„Ich glaube, Sie haben ein wenig Komödie gespielt, als Sie losfuhren, um nach seinem Flugzeug zu suchen. Sie hatten die Nationalgarde und Somoza bereits gewarnt. Die haben ihn abgeschossen, bevor er den Bunker erreichte. Warum? Somozas Leute wußten doch, daß die Sandinisten kein Flugzeug besaßen.“

„Da irren Sie sich, Herr Oberst. Somozas Leute haben bestimmt von Smiths Flugzeug gewußt. Er hat da oben in der Gegend von Estelli bereits eine Weile lang Waffen abgeworfen.“

„Ich frage mich, ob sie das nicht von Ihnen erfahren haben. Von Ihnen. Lassen wir das. Es ist inzwischen ziemlich unwichtig, es sei denn . . .“

Oberst Martinez blickte auf das Manuskriptbündel auf seinem Schreibtisch. Er sagte: „Ich wünschte, mein Englisch wäre besser. Ich vermute, ich werde mir das ganze Zeug hier übersetzen lassen müssen. King Kong könnte von Bedeutung sein.“

„Ich bin ein vielbeschäftigter Mann, Herr Oberst. Wenn Sie keine weiteren Fragen haben . . .“

„Keine weiteren Fragen. Nur einen kleinen Rat, Señor Quigly. Da in wenigen Wochen die Kanal-Verträge unterzeichnet werden sollen, liegt uns, wie ich Ihnen schon gesagt habe, sehr viel daran, daß es nicht zu peinlichen Zwischenfällen kommt. Sie sind kein amerikanischer Staatsbürger, das ist richtig, aber es ist Ihnen bekannt, wie schwierig der Senat in Washington sein kann. Der Senat fände nur zu gern einen Vorwand, um die Verträge und den eigenen Präsidenten zu sabotieren. Ich möchte Sie deshalb um einen Gefallen bitten. Im Interesse Ihrer und unserer Sicherheit. Seien Sie doch bitte so gut und packen Sie Ihren Koffer und gehen Sie über die

Straße der Märtyrer und begeben Sie sich dorthin, wo momentan noch die Vereinigten Staaten zuständig sind. Anderenfalls könnten meine Kollegen annehmen, es müsse etwas arrangiert werden – ich meine natürlich einen Unfall."

Oberst Martinez stieß einen fast unhörbaren Seufzer der Erleichterung aus, als Mr. Quigly aufstand, um ohne Widerrede zu gehen. Er wußte sehr wohl, daß Mr. Quigly kein mutiger Mann war.

2

Als Mr. Quigly gegangen war, ließ Oberst Martinez den Übersetzer kommen und setzte sich wieder hinter seinen Schreibtisch, um jene Manuskriptseiten zu studieren, in denen er nach Antwort auf drei Fragen suchte – auf wessen Befehl hatte Mr. Smith mit seinen Waffen die falsche Richtung eingeschlagen, nach Managua statt nach Norden, und wo befand sich jetzt sein Sohn, und warum hatte der Sohn dieses lange Manuskript zurückgelassen? (Der Name Baxter wollte ihm noch immer nicht im Gedächtnis bleiben.) Der junge Mann hatte gewußt, daß Pablo unterwegs war, um ihn abzuholen. Hatte er es also darauf angelegt, daß Pablo die Papiere in jenem Korb fand, in den er sie vielleicht absichtlich geworfen hatte? Den Obersten interessierte eigentlich nur der letzte Teil der Übersetzung, die mit einem Bericht über die Ankunft des Jungen in Panama begann. Selbst mit seinem armseligen Englisch verstand er nach dem ersten Blick auf das Original genug, um zu begreifen, daß sein Hauptinteresse den Kontakten des Sohns mit diesem Quigly zu gelten habe. Die Papiere glichen eher Notizen, wie sie in einer langen Selbstbefragung entstanden, und sein Blick war sofort auf diesen seltsamen Namen King Kong gefallen. Jetzt lag ihm die vollständige spanische Übersetzung dieses letzten Teils vor. Oberflächlich gesehen, beantwortete sie keine seiner Fragen, und von Señor Quigly hatte man keine Identifizierung von King Kong erwarten können. Er hatte von einem Affen oder einem Gorilla gesprochen. Vielleicht war das ein kleiner Scherz, obschon Señor Quigly sich gewöhnlich nicht humorvoll gab.

Ein Klopfen an der Tür riß ihn aus seinen Gedanken. Pablo trat ein und salutierte. „Wir haben ihn aufgespürt, Sir“, sagte er.

„Wen?“

„Baxter.“ Pablo hatte ein besseres Gedächtnis für ausländische Namen als der Oberst.

„Er lebt?“

„Er lebt. Nachdem er sein Visum bekommen hatte, buchte er einen Flug nach Valparaiso; er muß in Santiago das Flugzeug wechseln.“

„Valparaiso? Wie seltsam! Chile geht uns nichts an – und sein Vater hatte nichts mit Chile zu tun, dessen bin ich mir sicher, auch dieser Quigly meines Wissens nicht, wenngleich die Amerikaner mit Pinochet dick befreundet sind. Aber sie würden sicher nie einen Amateur wie diesen jungen Mann dorthin schicken. Trotzdem, sein Visum hat er ohne große Schwierigkeiten bekommen. Ich frage mich, ob wir Señor Quigly nicht erlauben sollten hierzubleiben?“ Sein Zögern dauerte aber nur einen Augenblick. „Nein, ich bin froh, daß ich ihn los bin. Es wäre ja möglich, daß der nächste amerikanische Finanzkorrespondent jemand ist, mit dem man leichter fertigwerden kann. Wie dem auch sei, warum Valparaiso?"

Er berührte das Bündel Papiere auf seinem Schreibtisch, als könnte ihm die bloße Berührung irgend eine Antwort auf diese Frage geben, und dann sprach er seine Gedanken laut aus: „King Kong. Dieser Name King Kong verfolgt mich. King Kong ist der einzige Anhaltspunkt, den wir haben. Könnte es ein Name aus irgendeinem einfachen Code-Buch sein, dem einzigen, das man so einem Amateur anvertrauen konnte? Eine Gestalt aus dem Werk Shakespeares vielleicht? Irgendein berühmter Vers, den sogar Gringos erkennen würden? Na schön, der Junge ist fort. Er kann uns nicht schaden. Dennoch . . . wie gern würde ich diesen seinen Code knakken! King Kong!" Oberst Martinez sang den Namen beinahe.

„Ich bin kein Fachmann, aber könnte es sein, daß wir da einen Hinweis auf das Code-Wort finden, das Mr. Quigly möglicherweise in allen Telegrammen an seine Zeitung verwendet. Wir haben von denen eine Menge in den Akten. In jedem Fall lohnt es sich, dies Manuskript aufzubewahren. Es könnte eines Tages nützlich sein, es in der ganzen Welt zu veröffentlichen. Für den Fall, daß wir nach der sicheren Unterzeichnung der Kanal-Verträge Mr. Quigly und seine Gringo-Auftraggeber bloßstellen müssen – falls sie versuchen sollten, die Verträge zu brechen. Was bestimmt der Fall sein wird."

Ihm schoß ein Gedanke durch den Kopf, und er mußte ein wenig lachen. „Welche Überraschung für den Jungen, wenn er sein Buch in einer spanischen Übersetzung veröffentlicht sehen würde! Wer weiß, vielleicht könnte es sogar einen kubanischen Preis für das beste Werk über Gringo-Spionage bekommen."

Die Idee mit dem kubanischen Preis gefiel ihm so sehr, daß er gar nicht hörte, als das Telefon läutete.

„Ich bin sicher, falls der General das Buch Fidel empfehlen würde ... Oh, dieses verdammte Ding ...“ Er nahm den Hörer ab, und seine Stirn umwölkte sich. Er legte den Hörer auf und saß einen Moment schweigend da. Dann teilte er dem Übersetzer mit einer traurigen Stimme mit: „Der Sohn ist dem Vater gefolgt.“

„Aber der Vater ist tot.“

„Wie der Sohn auch. Er wird Valparaiso nie sehen. Ein Unfall auf dem Weg zum Flughafen. Falls es wirklich ein Unfall war, was ich bezweifle. Um so wichtiger ist es jetzt, daß Sie mit der Übersetzung fortfahren, so bedeutungslos frühere Abschnitte auch scheinen mögen. Die entscheidende Frage bleibt – was oder wer ist King Kong?“